KUWEI
酷威文化
图书 影视

地狱变

[日]芥川龙之介——著

王晗——译

天津出版传媒集团
百花文艺出版社

目录

地狱变

一

像堀川大人那样的人物，恐怕是前无古人，后无来者了。据说，他出生之前，其母曾梦见大威德明王①前来给予她启示。总之，堀川大人生来就绝非凡夫俗子。也正因如此，大人所行之事，没有一件不出人意料。就说堀川府邸的规模吧，其雄伟壮观之程度绝非我等庸人能想象的。对大人议论纷纷的人不在少数，有人将他的性情比作秦始皇和隋炀帝，而这不过是俗语说的“盲人摸象”罢了。大人所思所想，绝非自己一人享受荣华富贵，他始终心系天下苍生，有着兼济天下的胸怀。

因此，他在二条大宫②遇到百鬼夜行③时，也完全平安无事。另外，传说在东三条的那座因完美再现陆奥④地区盐釜风景而出名的河原院⑤内，融左大臣的幽灵夜夜都会出现，但是被大人训斥过之后，便再也没有出现了。在如此的威光之下，当时京都城中的男女老少，只要一提起大人，便宛如见到佛祖转世般肃然起敬。有一次，大人

---

① 五大明王之一，梵名为阎曼德迦 (Yamāntaka)，译作解众生缚。

② 位于平安京（平安京是日本京都的古称，794—1868 为日本首都）朱雀门的东边，十分荒凉，传闻称这里多鬼神出没。

③ 各种各样的妖怪成列在夜间行走。

④ 日本古代令制国之一，也称奥州，属东山道，位于现在的本州岛东北地区。

⑤ 平安时代的六条河原院，乃源融仿照陆奥国盐釜的景色建造的庭院。源融死后，此宅献给了宇多天皇，不久后被改造为寺庙。其遗址现为京都的涉成园。

参加完宫里的梅花宴后打道回府，路上拉车的牛一时脱缰，撞伤了过路的老人。没想到那老人竟双手合十，表示能被大人的牛撞到实属荣幸之至。

大人一生之中，像这样能流传到后世的奇闻逸事数不胜数。宫廷宴会承蒙天皇赏赐无数，仅白马就有三十匹；曾叫自己心爱的侍童舍身立作长良桥的桥柱①；让一名得华陀真传的震旦②僧人为自己挖腿上的脓疮，如此种种，不胜枚举。众多逸事中，最为可怕的，莫过于如今已成为堀川家族传世之宝的地狱变屏风的由来了。连平日里处变不惊的大人，唯独那一回，也大惊失色。更何况在一旁侍奉的我辈，就更是被吓得魂飞魄散了。我侍奉大人二十年，如此凄惨之事，再没见过第二回。

不过此事要从画地狱变屏风的画师——良秀说起。

二

提起良秀，或许至今还有人记得他吧。他是一位极负盛名的画师，当时，执画笔者无人能出其右。发生那件事的时候，他刚过五十岁，个子很矮，瘦得皮包骨头，看上去是个心术不正的小老头儿。到大人府上时，他常穿一件丁香色③的狩衣④，戴着乌纱软帽，人品十分恶劣。且不知是何缘故，那红唇十分醒目，令人平添不快之感，让人觉得他像头怪兽。有人说那是因为他老舔画笔，沾上了红颜料，

---

① 在架桥工程进展不畅时，因害怕违背神的旨意，将人活埋于桥柱之下用作人柱。

② 古代印度对中国的称呼。

③ 用丁香煮出的浓汁染色，淡红透黄。

④ 原为狩猎时穿着，领圆、腋下不缝合，用有丝带的袖往身后稍稍系一下的衣服。平安时代为公家、武家的日常便服，镰仓时代以后用为正式服装或礼服，现为神官的服装。

然而实情如何不得而知。有些嘴巴恶毒的人说良秀的举止活像一只猴子，竟给他起了个“猿秀”的诨名。

说起猿秀，还有这么段故事。当时，良秀有个年方十五的独生女在大人府上做小侍女，女儿长得完全不像他父亲，十分讨人喜爱。可能是由于早早失去了母亲，她小小年纪便懂得人情世故，又聪明伶俐，深得老夫人和一众侍女的欢心。

有一次，丹波国[①]进献了一只驯熟了的猴子，爱恶作剧的小少爷给它赐名良秀。那猴子的模样本就滑稽，又加上起了这么个名字，惹得府里众人无不哈哈大笑。光笑倒也就罢了，每当它爬到院子里的松树上，或是弄脏了屋子里的榻榻米时，大家总是半开玩笑地故意叫着：“良秀！良秀！”总之就是故意捉弄它。

一日，前文提到的良秀女儿手持系着书信的红梅枝通过长长的走廊，看到小猴子良秀拖着受伤的腿，一瘸一拐地从拉门处逃了过来，没有了往日爬上廊柱的力气。只见其后小少爷跟着跑来，手里拿着一根细长树枝，喊着：“偷橘子的小贼，给我站住！站住！”良秀女儿见状，略微迟疑了一下，这时小猴子跑到她的跟前，死死地抓住了她的裙摆，发出哀鸣。她再也抑制不住恻隐之心，一手举着红梅枝，一手将淡紫色的长袖轻轻一甩，温柔地抱起小猴子，走到少爷面前躬身行礼，以清脆的声音禀告：“恕奴婢冒犯，望少爷看在它是个畜生的分儿上，饶了它吧。”

无奈少爷是负气追出来的，听罢此话立刻沉下脸来，连跺三次脚，说道：

“你为何包庇它？它可是个偷橘子的盗贼。”

“它不过是个畜生，少爷又何必跟畜生置气呢……”姑娘又重复了一遍，旋即，面露苦笑，终于说道，“况且它也叫良秀，见它挨打，

---

① 日本古代令制国之一，属山阴道。

就如同见了我父亲受罚般，实在于心不忍。”

“好吧，既然是为父求情，我就饶了它这一回吧。”

少爷勉强答应，说罢将手中的树枝扔到一旁，径直朝来时的拉门回去了。

三

从此之后，良秀女儿与这只小猴子便亲近起来。

姑娘把小姐赏赐的金铃用漂亮的红绳系在猴子的脖颈上，小猴子也是无论发生什么事儿，都寸步不离姑娘左右。一次，姑娘感染了风寒，卧病在床，小猴子就守在她的枕边，面露愁容，一个劲儿地啃着自己的爪子。

这样一来，也真是奇妙，再也没人像以前那样欺负小猴子了。不仅如此，大家反而都开始喜欢它了，就连小少爷，也不时扔柿子和栗子给它吃。一次，不知哪个侍从拿脚踢它，少爷还为此大发雷霆。后来，大人可能是听说了小少爷动怒的事情，还特意召良秀女儿抱猴前来参见。良秀女儿爱猴的缘由，也就自然而然地传到了大人的耳朵里。

“孝心可鉴，该赏该赏。”

承蒙大人恩惠，姑娘得到了一件红色中衣[①]。受赏时，见姑娘谢恩，猴子也学着姑娘的模样毕恭毕敬地向大人谢恩，大人更是满心欢喜。因此，大人格外偏爱良秀女儿，完全是因为欣赏她爱护猴子的一片真心，绝非世间所传的贪恋美色。当然，这样的流言蜚语也并非全是无中生有，此事留到后面细说。这里只说一点，无论姑娘

---

① 日本中古时女子穿的中衣，着正装时，要在外衣和单衣之间套穿几件。

何等美貌，大人都不至于对一介画师之女有什么居心。

姑娘受赏，在大人那里挣了脸。而她原本就是很会做人的人，所以并未因此招致其他侍女的嫉妒。相反地，从此她和小猴更加受宠。小姐总是让她们寸步不离地陪伴左右，就连乘车出游，也屡屡召其陪侍。

女儿的事暂且说到这里，再来说回她的父亲良秀。虽说小猴子来后不久就受到了大家喜爱，但是良秀本人，一直遭到众人厌恶，人们私底下仍然称呼他为“猿秀”。而且不仅府上的人嫌弃他，就连横川寺的住持，一提起良秀，也都如遇了魔障般脸色大变，对他恨得牙痒痒。（据说是因为良秀把住持的行为画成了滑稽画，当然这不过是坊间传闻，自然禁不起推敲。）总之，良秀名声不好，是众人皆知的事。如若真有不说他坏话的人，也仅限于两三个画师同行，或者是只知其画、不知其人的人。

不过说实在的，良秀不仅看起来猥琐，还有更招人厌的坏毛病，所以也只能说他是自作自受。

四

说起良秀的坏毛病，那便是吝啬、刻薄、无耻、懒惰、贪婪——更有甚者，便是蛮横傲慢，无时无刻不以本朝第一画师自诩。他若仅在画艺上目中无人也就罢了，可他蛮横无理到连世间的习俗惯例，也都全然不放在眼里。据一个跟随良秀多年的弟子说，某日，一位望族请来鼎鼎有名的桧垣女巫作法，正当神灵附体，宣读神旨之时，此人竟然充耳不闻，当场拿起画笔，描绘起巫婆那骇人的面容来。大概在他看来，什么神灵作祟之事，不过是骗小孩的玩意儿罢了。

他就是如此之人，画吉祥天女[1]时，画成一张卑贱妓女的脸；画不动明王[2]时，又画成一副无赖的模样。如此这般，丝毫不怕亵渎了神灵。可有人责备他时，他却若无其事地说道："我良秀画的神佛，要是会给我降灾，岂不怪哉？"他的弟子们也都无可奈何，害怕受他牵连，遭到报应，纷纷向他辞工——总之一句话，此人狂妄至极，自以为天上地下唯我独尊。

良秀画艺之高超，自不待言。无论是运笔，还是着色，他都与旁的画师不同，与他交恶的画师当中，说他是旁门左道的也不在少数。那些人对川成、金冈等历代名家的画，都有优美的评价：比如画在板窗上的梅花，每逢月夜便有暗香浮动；又如画在屏风上的《公卿吹笛图》，悠扬的笛声清晰可闻。然而一说到良秀的画，一定给予一番莫名其妙的怪评。例如，他在龙盖寺大门上画了《五趣生死图》，每当人们半夜从门下通过时，总能听到天神叹息和哭泣的声音，甚至还有传闻说能闻到腐烂尸体的臭气。还有，他奉大人之意画侍女图，那些被他画过的侍女们，不出三年，无一不得了失心疯而死。照那些给予他恶评的人的话说，这些便是他的画乃旁门左道的证据。

然而前面也提到过，良秀是个蛮不讲理之人，但他反而以此为傲。有一次，大人调侃他道："总之你这人就是喜欢丑陋的东西。"那人居然咧着与他年纪不符的红唇令人不悦地怪笑着，大言不惭地说道："大人所言极是，那些平庸画师完全不懂得丑陋之美，唯有大人您慧眼能识。"就算他贵为本朝第一画师，也不宜在大人面前高谈阔论吧。也难怪上边提到的那个弟子，私底下给师父起了个诨名叫"智

---

① 佛教诸神之一，毗沙门天之妃。作为授予福德的女佛受到尊崇。体态丰满，穿天衣，戴宝冠，左手持莲花或捧如意宝珠。

② 五大明王、八大明王的主尊，降伏恶魔，使难以走上佛道者畏服，消除烦恼。由于菩提心从不动摇，故称不动。发怒的表情显示其凶猛的威力，右手持剑，左手持绢索，背负火焰。

罗永寿”，讥讽他不懂人情世故。不知诸位是否知晓，所谓“智罗永寿”，乃是古代从震旦传来的天狗之名。

不过，即便是这样一个不可一世的良秀，身上也有一处充满人情味、富有感情的地方。

五

良秀对他唯一的女儿，宠爱到无以复加的地步。之前提过，良秀的女儿也是十分懂事、孝顺的姑娘，但是良秀对女儿的疼爱，实在是有些过头了。无论哪里的寺庙来向他化缘，他都一毛不拔。然而女儿的衣着发饰，他却无比大方地置办，从未心疼过钱，简直让人难以置信。

不过，良秀虽然疼爱女儿，却从未想过要为女儿找一个好女婿。要是有人胆敢向女儿求爱，他便召集一帮地痞流氓，暗地里把人家打一顿。因此，宝贝女儿被大人招为侍女的时候，当爹的心里极为不悦。女儿刚进府那段日子，良秀去拜见大人的时候也总是摆着一副苦脸。所以坊间传言，大人醉心良秀女儿的美貌，即便她爹不同意，也硬要把她招进府里。

传言虽不可信，但是良秀爱女心切，一直盼望着大人能将女儿赐还给他，这点倒是真的。一次，良秀奉大人之命画一幅幼年的文殊菩萨像。他照着大人宠爱的侍童的脸，画得惟妙惟肖。大人十分满意，难得说道：“画得很好，你想要什么赏赐，尽管说来！”

闻毕大人所言，良秀不假思索地说道：“小人斗胆想请大人将小女赐还于我。”

要是在别的府邸也就罢了，可是，侍奉堀川大人的人，无论你当爹的如何疼爱，也是万万不可请辞的。天下竟有如此不懂规矩之人，平日里宽宏大量的大人也面露不悦之色，沉默良久，注视着良秀。最后，他冷冷地吐出两个字：“不行。”便拂袖而去。像这样的事，前前后后发生了四五次，现在回想起来，大人看向良秀的眼神好像一次比一次冷淡。与此同时，女儿也对父亲感到担心，每每回到侍女房中，总是咬着袖子嘤嘤地抽泣。因此，大人对良秀女儿心存异念的谣言也广泛地传开了。当中也有人说，画地狱变屏风的事情，起因也是在于良秀女儿不肯顺从大人的心意。当然，这自然是无中生有。

依我之见，大人之所以将良秀的女儿召进府里，完全是可怜她的身世，与其跟着她那冥顽不灵的老爹，倒不如到府里，过着衣食无忧的生活。大人偏爱这个性情温和的姑娘自是不假，但要说垂涎她的美色，那纯属是牵强附会、子虚乌有了。

此事暂且不提，总之，大人因良秀女儿之事对良秀产生了不快。然而此时大人突然召良秀进府，命他画一道地狱变屏风。

六

说起地狱变屏风，画面上那可怕的景象，至今仍令我历历在目。

同是地狱变，良秀画的和旁的画师画的，首先从构图上就不同。屏风的一角，小小地画着十殿阎王[①]和其手下的小鬼；其余部分是一片红色的火海，烈火卷起旋涡，仿佛要将刀山剑树都融化似的，熊熊烧着。除了冥官们所穿的唐式衣袍上有黄色和蓝色稍作点缀外，目之所及，都是熊熊燃烧的赤红火焰。其中，黑烟泼出墨水，火舌迸溅金粉，如“卍”字打着旋儿，在烈火中狂舞。

仅凭这一点，其笔法已经足够惊人，而良秀画的被烈火烧得痛

---

①在冥府主管裁决死者的十个阎王，即秦广王、楚江王、宋帝王、仵官王、阎罗王、卞城王、泰山王、都市王、平等王、转轮王的合称。

苦翻滚的罪人，也没有一个是在平常的地狱图里能看到的。上至贵族公卿，下至乞丐贱民，无一不被他画在了屏风上。穿着朝服的殿上大臣、浓妆艳抹的年轻侍女、挂着佛珠一心念佛的僧人、脚踩高屐的武士弟子、身着细长和服的女童、高举币帛[①]的阴阳师——简直数不胜数。总之，这些人在翻涌的火海中，受到牛头马面等狱卒的虐待，像被大风吹散的落叶般，纷纷逃向四面八方。一个女人，头发被缠在钢叉上，手脚像蜘蛛似的缩成一团，看上去像是巫女。一个男人，胸膛被长矛刺穿，身体如蝙蝠似的倒挂，应该是碌碌无为的地方官。除此之外，有遭铁棍击打的，有被压在千人难移的磐石之下的，有被怪鸟之喙叼着的，有被毒龙咬在嘴里的——惩罚方式因罪人数量而各不相同。

这其中最惨绝人寰、最令人触目惊心的是，一架牛车从半空中落了下来，已有一半掠过了如野兽獠牙般的刀山的刀刃（刀刃上已有累累尸体，被利刃刺穿了五脏六腑）。车帘被地狱里的妖风吹起，车里坐着的是一位形似嫔妃的女官，衣着华丽，黑色的长发披散着，在火焰中摇曳，雪白的脖颈痛苦地扭动着。女官的形象也好，熊熊燃烧的牛车也罢，无一不让人感受到火焰地狱的痛苦。可以说，整张画面的恐怖感，都集中到这一个人身上了。观赏此画时，你甚至可以听到凄惨的叫喊声从耳畔传来，此画就是如此出神入化。

对了，正是为了画这场景，才发生了那件骇人听闻的事情。如若不是这样，即便是画艺高超的良秀，也是不可能将地狱的苦难画得如此栩栩如生的。他为了画这屏风上的画，付出了惨痛的代价，连性命都送掉了。可以说，本朝第一画师良秀，最终跌入了自己画中的地狱。

我光顾着讲这罕见的地狱变屏风，竟把故事的次序给颠倒了。

---

① 献神物品的统称。

接下来我们还是接着说回奉大人之命画地狱图的良秀吧。

七

从大人那儿领了命之后的大半年时间，良秀都把自己关在家里，连大人府邸都不去拜谒，一心扑在画屏风的事情上。说起来也是奇妙，他那么疼爱女儿的一个人，一遇到作画的事情，便连女儿的面也顾不上去见了。用前面提到的其弟子的话说就是，他只要一画画，就像被狐狸迷住了心窍。实际上当时江湖有这样的传言，说良秀之所以能在画道上成名，是因为他曾向福德大神[①]祈过愿。证据就是，每逢他作画之时，从暗中窥探，总能看见数只灵狐围绕在其周围，聚集成群。因此，一旦他拿起画笔，便心无旁骛，世间所有的事情都被抛到九霄云外。无论白天黑夜，他都躲到一间不见阳光的黑屋子里一心作画——他那股痴迷的劲头，在画地狱变屏风时显得尤为强烈。

那人在白天也会撂下窗格的屋子里，点上煤油灯，调好秘制的颜料，叫他的弟子穿上水干[②]、猎衣等各式各样的衣服，摆出各种姿势，他一一描绘——前面所说的骇人听闻的事情可不是指这个。即便不画地狱变屏风的时候，他也常常有这样怪异的举动。就如那次他画龙盖寺的《五趣生死图》时，眼前的活人他就是不画，却将画具端到街头的死尸面前，悠然地弓下腰，仔细端详着死尸已经腐烂的手脸，就连头上的毛发，都一丝不苟地画下来。那般痴迷的劲头，一般人可能真的理解不了。现在无暇一一细说，只把主要的事情说

① 掌管幸福和利益的大神。

② 日本“狩衣”礼服的一种，衣领部有两根长带，穿着时将带系上。

给大家来听，大致是这样的。

一日，良秀的一位弟子（正是之前提过的那位）正在调颜料，这时，师父突然走了进来，说道：“我想睡会儿午觉，可是近来老做噩梦。”

这并不是什么稀罕事儿，弟子连调颜料的手都没停下，随口应付了句：“是吗？”没想到良秀竟露出寂寥的神情，客气地请求道：“我想，在我睡午觉的时候，能不能请你在我枕边坐着？”弟子心想着，师父怎么在意起噩梦的事儿来了，可真是反常呀，然而这并不是什么麻烦事儿，他便一口答应了。但是师父好像还是放心不下，迟疑了一下，又吩咐道：“那么请你到里屋来吧。如果有别的弟子来了，让他们不要进到里屋来。”所谓里屋，就是他那日夜拉下窗格，点着油灯的画室，还有那组画了个草图的屏风，立在周围。一进里屋，良秀便立马躺下，将手肘枕在头下，像是精疲力竭似的入睡了。不出半个时辰，弟子的耳畔便传来令人毛骨悚然的骇人声音。

八

刚开始还只是声音，不久便变成断断续续的言语，就像溺水的人发出的呻吟一般。

“什么，叫我来？来哪儿？到哪儿来？——到地狱来。到火焰地狱来。——谁？你是谁？是谁叫我来？我当是谁呢。”

弟子不觉停下调颜料的手，战战兢兢地窥探师父的脸。只见那满是皱纹的脸变得煞白，渗出大颗汗珠，嘴唇发干，牙齿稀疏的嘴巴大大地张着，喘着粗气。口中有个东西像被线牵着似的动得飞快，仔细一看，那不正是师父的舌头吗？那断断续续的言语，正是由这舌头发出来的。

“我说是谁呢，是你呀。我一猜就是你。什么？来接我了？——

来啊，到地狱来啊，地狱里有——地狱里我女儿在等着我。”

此时，弟子仿佛看到有奇怪的影子掠过屏风蜂拥而来，气氛恐怖至极。当然，弟子立马使出浑身力气，摇晃着师父的身体。但是师父仍喃喃地说着梦话，轻易醒不过来。于是弟子把心一横，端起洗画笔的水，往师父脸上泼去。

“我在等你，上这台车吧。坐上这车，到地狱来——”良秀正说着梦话，瞬间像是被人扼住了咽喉般呻吟起来。良秀终于睁开了双眼，像被人拿针扎了一下似的立马跳起来，梦中的异形异类，似乎还没有从眼前消失。一时间他眼神惊恐万分，张开大口，凝望天空，好一会儿才清醒过来。

“我这儿没事了，你去那边吧。”这时他又恢复了往日的冷淡。弟子这时要是敢违抗师父的命令，定会被呵斥个不停，于是弟子匆匆走出师父的画室，重新见到屋外的阳光，就好像自己刚从噩梦中醒来似的，松了一口气。

但这还算是好的，这事儿过了不到一个月，另一个弟子又被叫到里屋，良秀依然坐在昏暗的油灯下，叼着画笔。他猛地扭头对弟子下命令：“麻烦你，再把衣服脱光吧。”

师父这样吩咐也不是头一次了，弟子立马将身上的衣物脱光。良秀又皱起眉头。

“我想看被铁索捆住的人是什么样子，辛苦你一下，一会儿请任由我处置。”他的语气十分冷淡，听不出其中有半点怜惜之意。那弟子原本是个结实的后生，比起画画，他似乎更适合耍大刀，但这次还是被吓到了。之后每每提及此事，他都反复说道：“那时我真以为师父疯了，要杀了我呢。”良秀见他磨磨蹭蹭的，心里越发焦急。不知从哪儿哗啦啦拖出一条细铁链，以迅猛之势冲上前去，骑在弟子的背上，不由分说地将其双臂反捆在背后，并用锁链一圈圈缠绕起来，又狠狠地拽了一下锁链的另一端。弟子一个趔趄，重重地摔在了地上，把地板震得直响。

九

弟子此时的样子，活像被打翻的酒缸翻滚在地，手脚都被捆作一团，只有脑袋能动，实在惨不忍睹。肥胖的身体被锁链捆得太紧，导致血液不流通，脸上身上，都被憋得通红。然而，良秀对此却并不在意，他围着那酒缸似的身体，左转转右瞧瞧，画了好几幅相似的图。在那期间，被捆绑着的弟子有多么痛苦，自是不由分说了。

这期间如若没有出事，弟子这罪恐怕不知道要受到何时。所幸（或许更应说是不幸），少顷，从房子一隅的壶的阴影里，流出一道黑色的油状物体，细细弯弯，向前蠕动。刚开始那东西动得很慢，似乎很黏稠，慢慢地快起来，不一会儿，竟光闪闪地爬到弟子的鼻子跟前了。弟子见状，倒吸一口凉气。

“蛇！——蛇！”弟子不禁叫唤起来。他说当时觉得全身的血液顿时凝结了，这也难怪，蛇的舌头马上就要舔到被铁链勒得紧紧的脖子上的肉了。遇此意料之外之事，良秀就算再蛮横也不免惊慌。他立刻丢下画笔，猛然弯腰抓住蛇的尾巴，将蛇倒提起来。被倒提着的蛇抬起头，拼命向上卷自己的身体，但是它无论如何也够不到良秀的手。

“你这家伙，害我画了一处败笔。”良秀生气地说道。

他将蛇扔回屋角的壶中，不情愿地解开弟子身上的铁链。不过也只是解开而已，连一句安慰的话都没对这弟子说。大概比起弟子被蛇咬，他老人家更在意画出了一处败笔的事儿吧。后来打听到，屋子里之所以会有蛇，也是良秀为了写生特意养的。

看到这儿，想必各位对良秀对绘画之痴迷，也略知一二了吧。最后还有一例，有位年方十三四岁的弟子，托这地狱变屏风的福，体验了一把从未遇到过的恐怖之事，还险些送了命。这位弟子生得像女孩子般白皙，一天夜里，突然被师父叫了去，只见师父在昏暗的灯光下，手中正拿着带着腥味的肉，喂一只从未见过的鸟。这鸟大概有一般的猫那么大。这么一说，无论是它那像耳朵似的向两边伸出的羽毛，还是它那琥珀色的圆圆的大眼，都像极了猫。

十

良秀这人，本来就最讨厌别人插嘴自己的事情，之前所讲的蛇的事情也是这样，自己的屋子里有什么，他一概不告诉弟子们。有时他的桌子上放着骷髅，有时又会出现银碗和高脚漆盘，根据他当时所作的画，他的屋子里常会出现一些常人意想不到的东西。但是，平时这些东西都放在哪里，并没有人知道。传言之所以说他得到了福德大神的暗中相助，其原因之一，大概就在于此。

因此，那弟子便想，这次的这只怪鸟，恐怕也是用来画地狱变屏风的吧。他毕恭毕敬地走到师父跟前，问道："师父有何吩咐？"

良秀就像没听到似的，用舌头舔着他那红唇，道："看看，很老实吧！"他朝着鸟扬了扬下巴。

"这是什么鸟？我从未见过。"弟子说着，一脸嫌恶地细细打量着这只长耳朵的猫一样的鸟。

良秀还是用他那带着嘲讽的语气说道："怎么，没见过吗？也难怪，城里长大的孩子嘛。这鸟叫猫头鹰，是两三天前鞍马[①]的猎人送我的。只是，这么驯熟的挺少见。"

说着，良秀缓缓地抬起手，轻轻抚摸着刚吃完食的猫头鹰背上的羽毛。这时，那鸟儿突然发出尖锐、短促的叫声，倏地从桌子上飞起，张开爪子，朝弟子的脸上扑过去。弟子吓得急忙提袖掩面，幸亏弟子反应及时，不然脸早被它抓破了。弟子发出"啊"的尖叫，

---

① 位于现在京都市左京区北部。

正要拂袖将其驱逐，不料猫头鹰又发出叫声，再次扑过来——这下弟子全然忘了是在师父面前，一会儿站着防御，一会儿坐下驱逐，在狭小的房间里四处逃窜。那怪鸟却追得更来劲，忽高忽低地飞着，只要一钻到空子，便猛地朝他眼睛扑去。每当那怪鸟呼啦啦地扇动可怕的翅膀，总带来一股怪异的气息，像是落叶的臭味，又如瀑布的飞沫，抑或是猴子藏在树洞里用来自然发酵的果实的馊味，无一不令人作呕。据那弟子说，他甚至吓得把师父屋里昏暗的灯光当作朦胧的月光，以为自己进了远处深山里冒着妖气的幽谷。

但是，让弟子感到害怕的，不仅仅是受到猫头鹰袭击这一件事。令他全身起鸡皮疙瘩的是，师父冷冷地看着这场骚动，慢条斯理地摊开画纸，舔笔，静静地描绘起如女子般的少年被怪鸟追着满屋子跑的画面。弟子见状，心中涌起难以言表的恐惧。那一刻，他甚至觉得，自己的命可能都会断送在师父手里。

十一

其实，死在师父手里也不是完全没有可能的。那天晚上其实是他故意唆使猫头鹰追赶弟子，就是为了画那抱头鼠窜的样子。所以弟子一看到师父，便立刻将头藏进袖子里，发出自己都不明所以的哀号，蜷缩到房间一角的拉门边上去了。这时，弟子听到良秀突然发出一声惊叫，好像从椅子上站了起来。转眼间，猫头鹰更加剧烈地拍打着翅膀，霎时间，物品倒地的声音和被打碎的声音，喧嚣一片。见此情景，弟子再次被吓得失了神，不由得抬起藏着的头，这时屋内已经一片漆黑，只听到师父在焦急地呼唤外面的弟子。

不久，一名弟子在远处回应，提着灯急忙赶来。透过昏暗的灯光望去，只见屋子里的煤油灯已经跌翻，地板上、榻榻米上，全洒上了油。方才那只猫头鹰痛苦地拍打着一只翅膀，在地上翻滚。良秀在桌子对面半站着，像是被吓傻了，嘴里不知道在嘟囔着些什么。这也难怪，那猫头鹰的身上紧紧缠绕着一条黑蛇，从脖子一直绕到一边的翅膀。大概是弟子躲到门边的时候，不小心碰倒了那儿的壶，蛇从壶里游了出来，猫头鹰想去抓蛇，反而被蛇缠住了，才引起这样一番骚动。两位弟子顿时四目相对，茫然地看着眼前这不可思议的情景，少顷，默默地向师父行了个礼，便悄然退下了。至于那蛇和猫头鹰后来如何，无人知晓。

诸如此类之事，还有几桩。之前说漏了一点，良秀是在初秋接到画地狱变屏风的指令的，之后一直到冬末，良秀的弟子们都不断地受到师父古怪行为的威胁。到了冬末，绘画的进展似乎不太顺利，良秀的神情变得更加阴郁，言辞也愈发粗鲁。此时屏风大概画了八成，却再也画不下去了；不仅如此，好像就连之前画好的部分也要全部推翻。

但是，究竟是为什么画不下去，无人知晓，也没有人想要知晓。之前遭受过种种折磨的弟子们也都怀着与狼共舞的心情，尽量躲得师父远远的。

十二

这期间，并没发生什么值得一提的事情。如果硬要说的话，便是那顽固的老头儿不知怎的竟变得脆弱起来，常常在无人的地方独自抹眼泪。特别是有一天，有一名弟子有事儿去院子里，却看见师父站在廊下，茫然地望着春日将至的天空，双眼噙满了泪水。弟子见状，反而自己觉得不好意思，便悄悄地折返了。但是，画《五趣生死图》的时候，连路边尸体都敢画的如此傲慢的男人，现在竟因为地狱变屏风画得不满意这点儿小事而掉眼泪，真是奇闻。

良秀这边发疯似的痴迷于作画之中；他女儿那边，不知为何也日渐忧郁起来，就连在我们面前，她的眼里也明明白白噙着泪花。她原本便生得面带愁容，皮肤白皙，温婉持重，如今睫毛低沉，眼圈发黑，神情更添一丝寂寥。开始，人们猜测她是思念父亲，或是为恋情所扰；其间，又有传闻说是因为大人要强迫她就范；之后，众人好像完全忘了她似的，关于她的传言戛然而止。

正是那时候的事情。一天晚上，我独自穿过走廊，那只叫良秀的猴子突然跑出来，使劲拉住我的裤腿。那是一个散发着梅花的清香的暖夜，就着月光望去，只见猴子露出雪白的牙齿，皱着鼻头，发疯似的啼叫。我带着三分惊恐，七分新裤子被拉拽的气恼，正准备踢开那只猴子扬长而去。但又转念想到，上次有个侍从因为打了猴子，惹得少爷十分不快；再者，看那猴子的行为，感觉定是出了大事。于是我便顺着猴子拉拽的方向走了三四丈[①]远。

拐过一个弯儿，夜色之中，可以看到挺拔的松树对面，宽广的湖面泛着白光。正是在这时，近处的房间里传出有人争执扭打的声音。四下万籁俱寂，月朗星疏，无雾亦无霭，除了鱼儿跃水的声音，听不到半点人语。我不由得停下脚步，想着要是有粗野胡来的人，我可要给他点儿颜色瞧瞧。于是我屏住呼吸，悄悄走近，将耳朵贴在了门外。

十三

可是，小猴可能还是嫌我动作太慢，在我的足下不停地打转，突然发出一声像被扼住咽喉的啼叫，一下子跳到我的肩膀上来。我不禁转过头，以防被它抓伤，它又死死抓住我的袖子，以防滑下去。在这一阵闹腾中，我不由得摇晃了两步，忽然，一个踉跄，后背重

---

① 1 丈约为 3.33 米。

重地撞到了门上。事已至此，再容不得我有半点犹豫。我猛地推开门，准备冲进月光照不到的里屋。就在这时，一个身影出现在我面前。不，应该说是一位女子像箭一样从屋里飞奔出来，着实把我吓了一跳。女子差点儿和我迎面撞上，她就势跪倒在地上，气喘吁吁、战战兢兢地抬起头看着我，像是在看什么可怕的东西。

不消说，这女子正是良秀的女儿。但是，那晚的良秀女儿像是变了个人似的，十分光彩照人。两只水汪汪的大眼睛像是在发着光，双颊红扑扑的。而且衣衫凌乱不堪，与平时天真无邪的她不同，更添一丝妖艳。这真是那个柔弱、谦恭又谨慎的良秀女儿吗？我靠着拉门，望着月光下楚楚动人的姑娘，听到一个人向远方匆忙离去的脚步声。我指着那人跑远的方向，静静地用眼神问姑娘那是谁。

姑娘咬了咬嘴唇，默默地摇了摇头，神情十分懊恼。

我弯下腰，凑到姑娘耳边小声问她："是谁？"然而，姑娘仍然只是摇头，一言不答，长长的睫毛尖上满是泪水，嘴唇比之前咬得更紧了。我生性愚钝，除了显而易见的事情以外，其他一概不知。我一时语塞，良久，我听着姑娘清晰的心跳，呆呆地立在那里。也是，我不便再问下去了。

不知过了多久，我终于关上了敞开的门，回头对已经稍微平静一些的姑娘温柔地说："你回房去休息吧。"而我，像看了不该看的东西一样，怀着不安又歉疚的心情，沿原路折返了。可是走出不到十步，我又被人从后边拉住了裤腿。你猜是谁？

我回头一看，原来是那只小猴子良秀正跪在我的脚边，像人一样两手扶地，晃着金铃铛朝我磕头呢。

十四

那晚的事儿过去大约半个月之后，一天，良秀突然到府里，直接求见大人。他虽身份卑微，但一直很受大人待见。任何人都不能轻易见到的大人，马上便召见了他。他照常穿着那件丁香色的狩衣，戴着皱塌的乌布软帽，脸色比以往更阴沉，恭恭敬敬地跪在大人面前，用沙哑的声音说：

“早前奉大人之命画地狱变屏风，自受命以来，小人夙兴夜寐，勤勉执笔，已见成效。大体上已经完成。”

“可喜可贺，我很满意。”然而，不知何故，大人的声音却给人一种苍白无力之感。

“非也，一点儿也不值得庆贺。”良秀面露稍许不快，眼皮低垂，说道，“虽说大体上是完成了，但有一处，小人无论如何也画不出来。”

“什么？有画不出来的地方？”

“正是，小人绘画，一向只能画出亲眼见过的东西。若非亲眼见过，即使画了，也不称心如意，如同没画一样。”

听罢此言，大人脸上露出近乎嘲讽的微笑。“这么说，你画地狱变屏风，就必须亲眼看过地狱啦？”

“正是。早些年发大火灾的时候，我曾亲眼见过如炎热地狱般的猛火。也正因为如此，我才能画出《不动明王图》中的火焰。那幅画想必大人您也是见过的。”

“那地狱里的罪人你是如何画出的呢？难道狱卒你也见过吗？”大人像没听见良秀的回答似的，接二连三地发问。

“我曾见过被铁链捆住的人，也临摹过人被怪鸟追逐的姿态。不能说我完全没见过罪人受苦的模样。至于狱卒——”说到这儿，良秀脸上露出恶心的苦笑，“狱卒经常出现在我梦里。牛头马面、三头六臂的鬼，拍手不出声音、张嘴说不出话的鬼，每日每夜都来我的梦里折磨我——我想画而画不出的，倒不是这些东西。”

听完这些，大人大为吃惊，焦躁地睥睨着良秀的脸良久，终于，将眉毛蹙成一团，扔下一句：“那么，你到底是什么画不出？”

十五

“我想在屏风的正中央，画上一架牛车从空中掉下来的画面。”说到这里，良秀抬起头，目光锐利地注视着大人的脸。平日里一说到作画他便像走火入魔般痴迷，那时他的眼睛里确实有一种可怕的威严。

“车中坐一位艳丽的嫔妃，在烈火中披散着黑色的长发，痛苦挣扎。她的脸被烟熏得眉头紧蹙，仰面望着半空中的车篷，手撕扯着车帘，大概是想抵挡像雨一样落下来的火星吧。她的四周围着十几二十只模样奇怪的老鹰，张着大嘴啼叫飞舞——啊，正是这车里的嫔妃，我死活画不出来。”

“那，你想如何？”

不知为何，大人露出一丝愉悦的神色，催促良秀说下去。良秀像发高烧似的哆嗦着他那红色的嘴唇，说梦话似的又重复了一遍：“我画不出来。”突然，他像咬住什么东西似的猛然说道，“小人斗胆请求大人赐予小人一架牛车，在小人面前点燃焚烧。要是可以的话……”

大人脸色一沉，突然开始放声大笑，并且笑得有点儿上气不接下气，他说道：“好！就照你说的办，没什么可以不可以的。”

听了大人的话，不知为何，我感到有不好的事儿将要发生。此时大人开始口吐白沫，眉端的太阳穴颤动不已，像是被良秀的疯狂传染了似的。大人语音刚落，又以爆炸之势，从喉咙里发出咯咯的大笑。

“将牛车点火燃烧，让一美艳的女子，穿上嫔妃的装束，坐进车内。四周包围着火焰和浓烟，就让车中的女子在这火海中死去——能想出此等画面，不愧为天下第一画师。应当嘉奖，应当嘉奖啊。”

听罢大人的话，良秀突然脸色煞白，像喘着气似的鼓动着嘴唇，终于身体一软，双手撑在地上：“谢大人鸿恩。”

他的声音低到几乎听不见，恭恭敬敬地行了个礼。估计是自己想象中的恐怖画面从大人嘴里说出，就像是真实发生在眼前了一样吧。我一生中只此一次，觉得良秀是个可怜人。

十六

两三天后的一个夜晚，大人如约召见良秀，让其到火烧牛车的地方来。这不是在堀川府内，而是在一个名曰融雪山庄的位于京都城外的山中别墅里进行。这山庄，以前是大人妹妹的住所。

这座融雪山庄已多年无人居住，废弃的庭院十分荒芜，看到这了无人烟的破败景象也可略知一二。关于在这里去世的大人妹妹，也有一些传言。据说时至今日，每逢无月之夜，都有一行为十分怪异的女子，身着绯红色长裙，足不履地地在廊下游走。这也难怪，白日里本就十分寂寥的庭院，到了晚上，被院里潺潺的流水声衬得更显阴森，在星光中飞舞的夜鹭，看起来就像异形怪物，令人毛骨悚然。

碰巧那晚是一个没有月亮、一片漆黑的夜晚。借着寝殿的油灯光，可见大人坐在台阶边上，身着带有深紫色花纹的浅黄色大袍，双腿高高盘起，坐在白锦镶边的圆坐垫上。不消说，自有五六个侍从围在大人的前后左右，恭恭敬敬地伺候着。

不过，其中一名侍卫一眼看过去就与常人不同，据说他曾在陆奥战争中吃过人肉，能双手掰下鹿角，力大无穷。他将护腹铠甲穿在外衣内，反佩腰刀，立在廊檐下，威风凛凛。随夜风摇曳的灯火，忽明忽暗，让人分不清是梦境还是现实，一切都笼罩在一种恐怖的气氛里。

院子里摆放着一架牛车，高高的车篷上方是黑压压的天空，牛车没有拴牛，黑色的车辕斜放在脚踏上，车上的金属配饰如繁星般闪闪发亮。见此情景，虽已是春天，仍觉寒意森森。镶着立体刺绣边的蓝色车帘将车的内部封得死死的，里面是什么自然无从知晓。牛车周围围着一群杂役，人人手持燃烧的松明，留意不让烟飘到檐廊那边。

当时良秀离得稍远，跪在檐廊的正对面，仍穿着那件丁香色狩衣，戴着那顶皱塌的乌布软帽，像被星空压瘪了般，整个人看上去比平常更加瘦小，显得格外凄凉。还有一人，穿着同样的狩衣，戴着同样的乌布软帽蹲坐在他后方，大概是他的弟子。两人蹲坐在黑暗中，从我所在的檐廊看过去，甚至分不清两人衣服的颜色。

十七

时辰大约已近半夜，黑暗包裹着院里的树木和泉水，吞噬着潺潺的流水声。众人屏息不语，唯有夜风轻拂的声音，同时送来松明的烟味。大人沉默良久，盯着这奇异的景色，终于，他向前挪动了下膝盖，厉声唤道："良秀。"

良秀似乎答了句什么，但传到我耳朵的，只有一句呻吟。

"良秀，今晚就满足你的愿望，将这牛车烧给你看。"

大人说着这话，余光扫视了一眼左右。当时我仿佛看到大人与身边的某人交换了意味深长的微笑，又或许只是我的错觉。这时，良秀战战兢兢地抬起头仰望檐廊，终于什么都没有说。

"看好了，这是我平时坐的那辆车，你有印象吧。我现在就放火烧了这车，让你亲眼瞧瞧炎热地狱的模样。"

大人说罢，向周围的人们使了个眼色，然后沉下脸来，说道："车里绑着一个犯了罪的侍女，若点火烧车，那女子一定被烧得骨焦肉烂，受尽折磨而死。这对你画地狱变屏风真是再好不过的范本了。雪白的肌肤被大火烧烂，乌黑的长发变成火星，在空中飞舞，你可看仔细了。"

这是大人第三次说话了，不知大人在想些什么，只是摇晃着肩膀，笑而不语。

"这可是百年难得一遇的奇观哪。我也来看看这景象。来人，撩起帘子，让良秀看看车中的女子。"

听到大人的命令，一名杂役单手高举着松明，三步并作两步地走到车前，一把撩起车帘。燃烧的松明噼噼啪啪地爆着火星，显得更加红亮，将狭窄的车厢照得亮如白昼，一名侍女被锁链残忍地捆绑着，坐在车厢内的地板上——啊，是我看错了吗？身着带有华丽刺绣的樱花唐衣，乌黑发亮的长发披散着垂下，斜插着的黄金钗闪烁着耀眼的光芒，虽然穿着打扮不同了，但那娇小的身躯，雪白的脖颈，还有那温婉谦恭、透着几分凄凉的侧颜，不正是良秀的女儿吗？我惊恐地差点儿叫出声来。

正在此时，我正对面的一名侍卫慌忙起身，一手按住刀柄，紧紧地盯着良秀。见此情景，良秀好像失去了理智般，突然跳起蹲坐着的身体，两手前伸，不自觉地跑向车子。遗憾的是，由于我离他太远，在黑暗中未能看清他的表情。然而短短的一霎，良秀那失了神的脸，仿佛被一种看不见的力量向上吊起，突然清晰地出现在我眼前。“点火！”只听得大人一声令下，杂役们纷纷将手中的松明扔向姑娘乘坐的牛车，顿时，牛车便在火海中熊熊燃烧起来。

十八

转眼间，火焰迅速包裹了车篷，篷檐上缀着的紫色流苏随火骤然卷起，白色的浓烟升腾翻卷，即使在夜幕中也清晰可见。车帘、衣袖、车柱上的金色饰品，瞬间被烧得粉碎，炸裂开来，火星像雨点般在空中飞舞。其场面之凄惨简直无法形容。不，更为恐怖的是，火舌吞噬着车扶手里面的格子车壁，熊熊燃烧的火焰直冲云霄，仿佛太阳落地，崩出天火一般。刚才还险些叫出声来的我，现在完全已经魂飞魄散，瞠目结舌地望着眼前这可怖的景象。可是作为父亲的良秀呢——

良秀彼时的表情，我至今无法忘记。不自觉跑向牛车的他，在火焰开始燃烧的瞬间，突然停住了脚步，手依然向前伸着，紧紧注视着被火焰吞噬的牛车，全身沐浴在火光里，满是皱纹的丑陋脸上，连胡子尖都能看得一清二楚。那瞪圆的眼，扭曲的唇，不断抽搐的双颊，将他心中交织的恐惧、悲痛、惊异，一一都写在了脸上。即便是被斩首的强盗，或是被带至阎王殿的十恶不赦的罪人脸上，都不曾出现过如此痛苦的表情。看到良秀的模样，即使是那个力大如牛的侍卫，也不由得变了脸色，战战兢兢地望着大人。

然而，大人紧咬双唇，时而露出骇人的微笑，双眼紧盯着牛车不放。这时车中——啊，我实在没有勇气描述，此时车中少女的情形。那被浓烟呛得向后仰起的白皙脸庞、在火焰中燃烧着的黑色长发，以及那瞬间化成火柱的美丽的唐衣，那景象实在是惨不忍睹。特别是当夜风将浓烟吹散，在火光四溅的烈焰中，现出姑娘口咬长发、想要挣断铁链、不断扭动的身体，将地狱的痛苦，活活地展现在众人面前，不光是我，就连力大如牛的侍卫，也被吓得寒毛一根根地立了起来。

又一阵风吹过庭院里的树梢——谁也没想到，漆黑的夜空中发出一声声响，一个黑色的影子，像皮球似的呈一条直线，从屋顶径直飞进了燃烧着的火焰中。木格子车壁被烧得像涂了朱漆一般通红，吧嗒吧嗒地塌落，它一把抱住向后仰倒的姑娘肩头。浓烟中，传出一声裂帛般的惨叫。接着，又发出第二声、第三声——我们也不由得“啊”的一声叫出声来。在火墙中抱住姑娘肩头的，正是那被系在堀川府里，诨名良秀的猴子。谁也不知道猴子是怎么知道这里，又是怎么来的。为了陪伴这个平日里爱护自己的姑娘，小猴不惜一同葬身火海。

十九

但小猴的出现仅在一霎间。金梨子地[①]似的火星升腾而起，冲上

① 描金画中，撒金粉加工成梨皮斑点花样之物。

云霄，这时，猴子和姑娘的身影都已埋进黑烟深处，再也见不到了。庭院中唯见一架被烈火焚烧的牛车，发出凄厉的声音，熊熊燃烧着。不，与其说是被烈火焚烧的车，倒不如说是一团火柱，更能形容这直冲星空的火势。

在这火柱前面，良秀像凝固了似的站着。多么不可思议啊！刚才还如受尽地狱之苦的良秀，此刻，他那满是皱纹的脸上，正闪耀着一种无法形容的光辉，宛如出神般的法悦[1]的光辉。他仿佛忘了还在大人面前，双手抱胸地伫立着。映入他眼帘的，似乎并不是女儿惨死的景象。在他眼中，只有美丽的火焰，和在烈火中痛苦死去的女子的身影，这情景令他心旷神怡。

但是令人不可思议的，不只是他愉悦地欣赏独生女儿的死去，还有此时他身上流露出的一种奇异的威严感，让人感觉他并非凡人，而是梦中才能见到的愤怒雄狮。正因如此，就连惊于这场意外之火，在空中盘旋啼叫的数只乌鸦，也不敢靠近良秀。或许在无心之鸟的眼中，他的头上有一圈光芒，带着一种不可思议的神圣。

鸟尚且如此，更何况我们这些下人。每个人都屏气凝神，内心极度震撼，伴着异样的随喜[2]，如瞻仰开了光的佛像般，目不转睛地盯着良秀。燃烧的火焰染红了半边天空，而为之神魂颠倒、久久伫立的良秀——看起来是何等的庄严，何等的欢喜！此时，唯有坐在檐廊上的大人与平时判若两人，脸色发青，口吐白沫，两手紧紧抓着被紫色花纹的和服覆盖的膝盖，像口渴的猛兽般喘息着……

---

① 因听闻佛法而感到的喜悦。

② 佛教用语，欢喜之意随着瞻仰佛像而生。

二十

那晚，大人在融雪山庄烧车的事儿不胫而走，世人对此议论纷纷。首先是关于大人为何要烧死良秀的女儿——流传最广的说法是大人苦恋姑娘而不得，最终因爱生恨。而我从大人口中亲耳听到，大人此举，是为了惩罚那为了画屏风上的画，而不惜放火烧人的画师的邪恶本性。

此外，有人数落良秀铁石心肠，不惜看着女儿在自己面前活活烧死，也要画那屏风；还有人骂他为了画画竟忘记了父女亲情，是个人面兽心的怪物。横川寺的那位住持，也持这种看法，说道："一个人无论对某一种技艺何等精通，要是连做人基本的仁、义、礼、智、信都不懂的话，就该下地狱。"

一个月后，地狱变屏风总算大功告成，良秀立马将其呈于大人面前。恰巧那位住持也在，看到图画上那铺天盖地的大火，他大为吃惊，一改刚才毫不客气地瞪着良秀的嘴脸，不由自主地拍了下膝盖，大赞"画得好"。听到此话大人苦笑了一下，那神情我至今仍无法忘却。

自那以后，至少在堀川府里，没有一人再说良秀的坏话了。无论是谁，凡是见过这屏风的，不管平日里如何讨厌良秀，都不由得被那庄严感触动，仿佛亲历了炎热地狱的苦难。

不过，此时良秀已不在这世上了。屏风画完的第二晚，他便在自己家里自缢了。独生女儿先自己而亡，只怕他再难在这世上苟活了。良秀的尸骨至今仍葬在自家屋舍的遗址上。只是那块小小的石碑，经过数十年的风吹雨淋，已经长满苔藓，成为一座无名荒冢了。

罗生门

某日黄昏，一名仆人在罗生门下避雨。

宽阔的门下，除他之外，再无他人。唯有一只蟋蟀，停在朱漆斑驳的大圆柱上。罗生门位于朱雀大道，按理说，除此男子之外，还应有三三两两戴着市女笠[①]或乌布软帽的行人来避雨才对。然而现在只此一人。

近两三年，京都的地震、台风、火灾、饥荒等各种灾祸，连绵不断。因此整个京城衰败不堪，格外萧条。据古书记载，佛像和祭祀用具被打碎，涂着红漆和贴着金箔银箔的木头堆在路边，被人当成柴火出售。京城已经衰落至此，罗生门的修缮一事，自是无人问津。于是，那荒废的罗生门被狐狸当成栖息之所，被盗贼当作藏身之处。最后，人们甚至习惯于将无人认领的死尸都拖到这里来丢弃。因此，每当日落西山，人们便觉此处阴森恐怖，再也不敢靠近了。

倒是有许多乌鸦不知从何处飞来，聚集在这里。白昼时，成群的乌鸦绕着门楼屋脊两端的饰瓦盘旋啼叫。尤其是当门楼上空被夕阳染红时，无数的乌鸦如散落的芝麻，清晰可见。当然，乌鸦是来啄门楼上的死人肉的。然而今天，可能是由于天色已晚，一只乌鸦也不见。只是，在已经开始崩塌，且裂缝里杂草丛生的石阶上，星星点点粘着白色的乌鸦粪便。仆人穿着他那洗得发白的藏青色夹袄，

---

① 帽顶有高巾子的苔草斗笠，本为市场叫卖女人所用的斗笠，平安中期以后成为上流女子外出的装束，男子也会在雨天使用。

一屁股坐在七级台阶的最高一级，一边为右脸长出的巨大粉刺发愁，一边望着雨发呆。

作者刚才写到，这名仆人正在避雨，但其实，即使雨停了，他也无事可做。要搁平时，雨停了自然是要马上赶回主人家的。但是，这名仆人前几天刚被主家辞退了。如前所述，当时京都城一片衰败。这名仆人被常年雇用他的主家辞退，也不过是这衰败的一个小小的余波罢了。因此，与其说“仆人在避雨”，倒不如说成“被雨困住的仆人无处可去，走投无路”更为贴切。而且，今天的天气更加深了这位平安朝[①]仆人的阴郁情绪。从申时[②]开始下的雨，到现在也没有要停的迹象。但无论如何，仆人得先想想明天的生计该怎么办——有道是虽是无可奈何之事，但总得想方设法去解决。他一边毫无头绪地思索着，一边朦朦胧胧地听着落在朱雀大道上的雨声。

雨包裹着罗生门，哗哗的雨声从远处袭来。暮色逐渐压低了天空，抬头望去，门楼顶上那斜出的飞檐，正挑起一团沉重的乌云。

要想办法解决无可奈何之事，便只能不择手段。倘若要择手段的话，则只有饿死在泥墙下、道路旁，然后被拖到这罗生门上，像狗一样被丢弃。倘若不择手段呢——仆人左思右想，终于想到了这一步。可这“倘若”，终究也只是“倘若”罢了。仆人虽然想着要不择手段，但是这“倘若”后面跟着的，必然是“做盗贼，别无他法”，而仆人又没有勇气这么做。

仆人打了个大喷嚏，懒洋洋地站起身来。京都的夜晚寒冷，已经到了需要烤火的地步。夜幕降临，风肆意吹过门柱之间。落在红漆柱上的蟋蟀，早已不见踪影。

仆人缩了缩脖子，耸着穿着黄色单衣、藏青色夹袄的双肩，向

---

① 日本平安时代。

② 下午四点左右。

门的四周张望。他想着，若有一处既能避风雨，又能躲人耳目的地方歇息的话，就可以睡上一晚了。正巧，一架同样涂着朱漆可通往门楼上方的宽梯映入眼帘。上面即便有人，也无非是些死人。仆人留意着不让腰间佩戴的木柄腰刀滑出鞘外，将穿着草鞋的脚踏上了楼梯的最下面一级。

不久，在通往罗生门门楼的宽阔的楼梯中段，一个男人像猫一样缩着身子，屏息凝神，窥探着门楼上的光景。门楼上隐约透出的火光，照亮了男子的右脸颊，只见短短的胡须中，有一个带着脓的粉刺。仆人从一开始就一心以为门楼上只有死人。但是，爬了两三级楼梯之后，他发现楼上火光，且这火光还在移动。那混浊昏黄的灯光，映在满是蜘蛛网的天花板上摇摇晃晃，一看便知顶上有人。在这雨夜里，在罗生门上点火的，绝非寻常之辈。

仆人如壁虎般，蹑手蹑脚地往上爬着，终于爬到了这陡峭楼梯的最上一级。他尽量将身体放平，向前伸着脖子，小心翼翼地朝门楼内窥探。

果然，如传闻所言，门楼上，被随意丢弃着几具尸体。火光能照到的范围比想象的要小，看不清究竟有多少具，但是能辨出，有裸着的尸体，也有穿着衣服的，当然，其中有男有女。这些尸体被横七竖八地扔在地上，有的张着嘴，有的伸着手，全然不像曾经活过的人，倒像是泥巴捏出来的人形。火光照在肩膀、胸脯等凸起的部位，凹下去的部位更显暗淡，如同哑巴般永久地沉默着。

尸体散发出腐烂的臭味，让仆人不由得捂住了鼻子。可下一个瞬间他却忘记了捂鼻，一股强烈的情感，盖过了他的嗅觉。

他看到有一个人蹲在尸体中间。那是一个穿着红褐色衣服，佝偻着背，身材瘦小，像猴子一样的白发老妇。老妇右手举着一片点燃的松明，正在仔细打量着其中一具尸体。从那尸体上的长头发来看，多半是一具女尸。

仆人带着六分恐惧四分好奇，一时忘记了呼吸。照古书上的说法，这感觉便是“毛骨悚然”。随后，老妇将松明插在地板缝里，将两手放在那尸体的脑袋上，像母猴为幼猴捉虱子似的，一根一根地拔着那尸体的头发。头发一根一根地被拔下来。

随着头发一根一根地落下，仆人心中的恐惧，也一点一点地减少。取而代之的，是对老妇的憎恨在一点一点增加。不，与其说是对老妇的憎恨，倒不如说是对一切恶的反感越来越强烈。这时，如果你再问他一遍之前在门楼下反复思索的是饿死还是做强盗的问题，他恐怕会毫不犹豫地选择饿死吧。他那对恶的憎恶之情，如同被老妇插在地上的松明一般，熊熊燃烧起来。

当然，老妇为何要拔死人的头发，仆人并不知晓。自然，他也并不能断定老妇此举究竟是善是恶。但是对这仆人而言，在这雨夜，在罗生门门楼上拔死人的头发，这一行为本身已是不可饶恕的罪恶。当然，他早已忘记，就在不久前，自己还琢磨着当盗贼呢。

仆人双腿用力，从梯子上一跃蹿上了门楼，手按木柄腰刀，大步流星地走到老妇的面前。老妇自然大吃一惊。

看到出现在眼前的仆人，她像被弓弩弹出去似的跳了起来。

“老妇，哪里走？”老妇被死尸绊倒，正想仓皇逃去，仆人一下挡住了她的去路，大声呵斥道。

老妇还想推开仆人逃走。仆人哪里会让她离开，又将她顶了回去。两人在死尸中间，一时无言，扭打在一起。但是从开始时，就胜负已分。仆人一把抓过老妇的手腕，将她扭到地上。那手腕像鸡爪似的，瘦得皮包骨头。

“你在干什么？快说！不说我就杀了你！”仆人推开老妇，突然拔出刀来，将明晃晃的刀刃贴到老妇面前。

但老妇仍一言不发，两手哆嗦着，肩膀一耸一耸地喘着粗气，双眼瞪得像要把眼球挤出眼眶一样，如哑巴般固执得一言不发。看到这一幕，仆人突然意识到，老妇的生死全然掌握在自己手里。这使得他那刚才还在熊熊燃烧的憎恶之心突然间冷却下来。剩下的，只有圆满完成一项工作的满足。因此，仆人俯视老妇，轻声细语地说道：“我并非巡查衙门的衙役，只是门下过路的路人。所以我不会把你捆起来送去衙门的，你只用告诉我你在这门楼上做什么就可以了。”

听完仆人的话，老妇将本就瞪大的双眼睁得更大了，目不转睛地注视着仆人的脸。她眼眶通红，眼神像肉食鸟般锐利。继而，她动了动几乎要与鼻子连在一起的嘴唇，像在咀嚼什么东西一般。在细细的喉咙上，能看到尖尖的喉结在蠕动，喉咙里发出像乌鸦啼鸣般的声音，急促地传到仆人的耳朵里。

“拔这头发，拔这头发，我想拿它做顶假发。”

仆人对这意外平凡的回答感到失望。与这失望一起涌上心头的，还有刚才的憎恶和冷蔑。老妇大概也感觉到了，她一只手攥着从死人头上拔下来的头发，像癞蛤蟆低鸣般嗫嚅着说出这样一番话来：

“是的，拔死人头发的确不是什么好事，可是这些死人活着的时候干的也都不是什么正经营生。就拿我现在拔头发的这个女人来说吧，她生前把蛇切成一段一段晒干，说是鱼干，拿到侍卫营里去卖。要不是害了瘟疫死了，现在恐怕还在卖吧。据说，她卖的鱼干味道鲜美，是带刀侍卫们不可或缺的佳肴呢。我不觉得这女人的做法有什么不对，因为她不这么做，就只有饿死。同样地，我也不觉得我现在干的事儿有什么不对，因为我不这么做，就只有饿死。所以，就算她知道了，也会原谅我的。”

老妇说的，大概是这么个意思。

仆人将刀收回鞘里，左手按着刀柄，冷漠地听着。当然，听的过程中，右手还不时去摸脸上那有脓的巨大的粉刺。但是，听着听着，仆人突然鼓起了勇气，那是他还在门下时所没有的勇气，但是却与刚爬上门楼时去抓老妇的勇气相反。他已不再为是饿死还是做强盗的事儿犹豫不决。这时，他的心里，早已没有了饿死这个选项。

“真是这样吗？”老妇的话说完，仆人嘲讽地说了一句，说罢，仆人向前跨了一步，移开放在粉刺上的右手，出其不意地抓住老妇的衣领，咬牙切齿地说道，“那么，我现在扒光你的衣服，你也不会怨恨我吧。因为我如果不这么做的话，就会饿死。”

仆人快速地扒光了老妇身上的衣服，然后一脚将抱着自己腿的老妇踢倒在死人堆里，三步并作两步跑到楼梯口，迅速沿着楼梯下去，消失在了夜幕里。

过了一会儿，如死去般倒下的老妇从死尸中撑起赤裸的身体，嘴里哼哼地呻吟着，借着还在燃烧的火光，爬到楼梯口。她趴在梯子上，朝门下张望，白色的短发向下垂着。门外，只有黑洞般无尽的夜。

仆人的去向，无人知晓。

竹林中

受检非违使[1]审讯时樵夫的证词

发现那具尸体的，确实是我。今天早上我如往常一样上后山砍柴，在山后的竹林里，发现了那具死尸。具体地点？从山科[2]的驿道过去大概有一里来地。竹林中除了瘦细的杉树，人迹罕至。

死尸身着淡蓝色的便服，头戴京式细纱帽，仰躺在地上。虽说只挨了一刀，但那刀伤刺穿了胸膛，尸体四周的竹子落叶，都被鲜血染成了发黑的暗红色。不，血已经不流了，伤口也好像已经干了。尸体上趴着一只马蝇，好像不知道我的存在似的，拼命啃噬着尸体。

您问我有没有看到刀吗？没有，周围什么都没有。只是旁边的杉树根部，有一条绳子。还有，对了，除了绳子之外还有一把梳子。尸体四周，就只有这两样东西。但是有一片草和竹子的落叶，被踩得很乱，估计那个男人在被杀之前，有过一场恶战。什么？有没有马？那地方马是进不去的。能走马的道路，离那儿还隔着一大片竹林呢。

---

① 弘仁年间设置的令外官，相当于检查京城内违法行为的官职，后来还掌管诉讼、审判，权力很大。

② 京都市东部的区，是连接京都和大津的交通要地。

受检非违使审讯时行脚僧的证词

那遇害的男子，我昨天的确遇见过。昨天的——大概是晌午时分吧。地点是从关山[①]快到山科的路上。那个男子与一名骑马的女子一起往关山方向走去。那女人所戴的斗笠上垂着面纱，所以我没能看清她的长相。只能看清她穿着紫红色的衣裙，马是桃花马——鬃毛被剃得光光的。您问马有多高？大概四尺半高吧——我乃出家之人，对此事不是很清楚。至于男人——不不，他带着刀，也背着弓箭。我至今仍记得，他那黑漆箭筒里，插着二十多支箭。

我做梦也没想到那男人居然就这么死了。看来人命真是如草芥，说没有就没有了。唉，怪可怜的。

受检非违使审讯时捕快的证词

您是问我捉来的那个男人吗？的确是一个名曰多襄丸的有名的盗贼。我逮住他时，他好像从马背上跌落下来，正躺在栗田口[②]的石桥上痛得直哼哼呢。您问是什么时候？大概是昨晚的初更时分。我上次逮他没逮住时，他也是穿着一件藏青色便衣，腰上佩着带柄的长刀。这回您也看见了，除了刀，他还带着箭。什么？死者也带着箭？——那么，杀人的，必是这多襄丸无疑了。卷着皮革的弓，涂着黑漆的箭筒，十七支带着鹰羽毛的箭——这恐怕都是那个死者身上的东西。没错，马也是如您所言，是被剃光了鬃毛的桃花马。被那畜生给摔下来，一定事出有因。马拖着长长的缰绳，在石桥前面

---

① 京都府与滋贺县的边界。

② 位于现在京都市东山区，从东山三条至蹴上的地区。为平安京七口之一，系东海道进京的入口。

一点儿的地方吃着青草。

这名叫多襄丸的盗贼，是混迹于京城的盗贼中，出了名的好色之徒。去年秋天，在鸟部寺的宾度罗[①]后面的山上，前来进香的一个妇人和一个女童，双双被其杀害。若这男人也是被多襄丸杀的，那骑在桃花马上的女子指不定被他带到哪里去干了些什么呢。小人多嘴了，还请大人明察。

受检非违使审讯时老妪的证词

是的，那死者，正是我女儿的丈夫。但他并非京城人士，是若狭[②]国府的侍卫。名唤金泽武弘，二十六岁。不，他脾气很好，不会与人有什么恩怨的。

我女儿吗？我女儿名叫真砂，年方十九岁。她性格要强，一点儿不输男子。除武弘之外，她从未有过别的男人。皮肤稍黑，左眼角有一颗黑痣，小小的瓜子脸。

武弘昨天与小女一起动身回若狭，没想到途中竟遭遇这样的事儿，真是造孽呀。女婿已死，女儿究竟怎么样了，我实在是担心得很。恳请大人答应我这老太婆唯一的请求，哪怕把草丛里翻遍了，也请务必找到小女的下落啊。说来说去，最可恨的就是那个叫多襄丸的盗贼，不仅把我女婿杀了，就连我的女儿也……（之后泣不成声）

---

① 十六罗汉中的第一罗汉，因玩弄神通法力受到释迦的呵斥而不得涅槃，在释迦入灭后仍救济众生。在日本迷信如果抚摸此罗汉则有除病之功效。

② 日本古代令制国之一，位于现在福井县若狭湾沿岸。

多襄丸的招供

那男人确实是我杀的。但是，我没杀那女人。您问她去哪儿了？这我也不知道。唔，且慢！无论您怎么拷问，我不知道的事情也还是不知道啊。再说，既然我都到这里来了，也就不打算隐瞒什么了。

昨天晌午刚过，我遇见了那对夫妇。那时刚好一阵风吹过，拂起了女人斗笠上垂下来的面纱，那一瞬我瞥见了女人的容貌。可是一闪——就那么一瞬，马上又看不到了。或许也是因为这个吧，我觉得她美得犹如仙女下凡。我在那一瞬下定决心，即便是把那男人杀了，也要把那女人抢过来。

什么？杀个人而已，根本没你们想得那么严重。既然要抢女人，男人肯定是要杀的。只不过，我杀人时，用的是腰上的大刀；而你们不用大刀杀人，是用权力去杀，用金钱去杀，有时甚至是用几句虚情假意的话去杀。是的，你们杀人不流血，男人还活得好好的——但是你们总归是杀人了。要论罪孽深重，是你们更重，还是我更重，可真是说不清呢。（嘲讽地一笑）

只要能把那女人夺过来，不杀她男人也没什么。倒不如说，我当时本就是想着尽量不杀那男人把女人夺过来的。但是，在那山科的驿道上，可真是不好办。于是，我便想办法，将那对夫妇往山里引。

这也毫不费事。我跟他们结伴同行时，对他们说，对面山里头有座古坟，我把那古坟挖开一看，全是古镜和大刀，为了不被人发现，我将那些东西藏在后山的竹林里，如若有人要，我愿意廉价出售。男人对我这话动了心。然后——怎么样了？欲望这东西，可真是可怕，不出半个时辰，那对夫妇就掉转马头，跟我一起往山里走了。

到了竹林前，我便说，宝物就埋在这里，快进来看吧。男的已利欲熏心，对此没有半点儿怀疑。倒是那女的，没有下马，说就在原地等着。也难怪，毕竟那竹林密密麻麻的。这倒正中我下怀。于是将那女人留在那里，我同男人一起钻进了竹林。

起初，竹林里净是竹子。走出十多丈远，才是有点儿开阔的杉树丛——这儿正方便我下手。我一边拨开竹林，一边煞有介事地对他说宝物就埋在杉树底下。男人听我这么一说，拼命往能看得见细杉树的方向钻。那里竹子稀疏，并立着几株杉树——一进去，我便将男人扑倒在地。那男人不愧是个带刀的武士，力气也相当大，但是不料被我偷袭，他也无法招架，不一会儿，就被我绑在了一旁的杉树根上。绳子吗？绳子可是干我们这行随身携带的，不知道什么时候要翻墙嘛。当然，为了不让他出声，我拿竹叶塞满了他的嘴。总算是大功告成。

我收拾完男人之后，立马跑去女人那儿，说男人突发急病，让女人赶紧过来看看。不用说，这招也灵得很。她立马摘了斗笠，由我拉着她的手，走进竹林深处。可是进去后一看，男人被绑在杉树根上——不知何时女人已从怀里掏出了一把小刀，她见状，立马拔出刀柄。我至今未见过性情如此刚烈的女子，要是我当时疏忽一下，没准儿就被她开膛破肚了。不，哪怕我躲过了那一刀，但看她只管拿着小刀乱刺的架势，我也指不定哪里挨一下呢。但我可是多襄丸，连大刀都不用拔，就把她手上那把小刀打落了。再刚烈的女人，手里没了武器，也只能乖乖就擒。不用杀男人，就把女人弄到手，这正合我意。

不用杀男人——不错，完事之后我也没打算杀他。可就当我撇下哭倒在地的女人，准备逃出竹林时，女人突然像疯了似的抓住我的胳膊。只听得那女人断断续续地哭喊着："要么你死，要么我男人死，你们两个必须死一个，叫我在两个男人面前出丑，真是比死了还痛苦。"接着，她又气喘吁吁地说，"不管你们中谁死了，我跟着剩下的一个。"听到这句话，我才猛然起了杀意。（阴郁的兴奋）

说到这里，想必你们以为我比你们残酷吧。那是因为你们没看到那女人当时的表情，尤其是那一瞬，仿佛燃烧起来的瞳孔。我与那女人眼神相对时，便下定决心，哪怕遭天打雷劈，也要娶她为妻。

要娶她为妻——当时我的脑海里，只有这一个念头。这不是你们所想的粗鄙的色欲。如果我除色欲之外全无半点期盼的话，当时我一定一脚踢开那女人，逃之夭夭了吧。若真如此，男人也不会死于我的刀下了。但是，在那幽暗的竹林里，我凝视女人的那一刹那，便明白，我若不杀那男人，是不可能离开那里的。

可是，即便是要杀他，我也不愿用卑鄙的方法。于是我解开绑在他身上的绳子，打算与他拿刀对拼。（落在杉树脚下的绳子，正是那时扔下，忘记拿走的。）那男人仍然涨红着脸，一抽出大刀便愤然向我这边刺过来——这场恶战的结果，自不必说了。在大战的第二十三回合，我的刀刺穿了他的胸膛——请记住是第二十三回合。我倒现在还暗暗佩服，能与我交战二十三回合的，天底下只有这男人一人。（快活的微笑）

男人刚一倒地，我便提着沾满鲜血的大刀，转身回去找那女的。怎料——你猜怎么着？那女人竟不见踪影了。我把杉树林都找遍了，也没找到那女人。而且，竹子的落叶上，一丝痕迹都没有留下。侧耳倾听，也只能听到躺在地上的男人死之前的喘息声。

说不定我们刚抽出刀准备开战时，她就钻进林子逃出去求救了——想到这里，我便觉这回该轮到我要没命了。于是我夺了那男人的大刀和弓箭，立马折回了来时的山路。女人的马，还在那儿静静地吃草。这之后的事儿，就不必多说了。只是，我在进京之前，卖掉了那把大刀。我要招的就是这些。横竖我的脑袋是要挂在楝树梢上示众的，请将我处以极刑吧。（态度凛然）

女人在清水寺的忏悔

那个穿着藏青色便服的男人，在将我凌辱了之后，眺望着被绑在树上的丈夫，嘲讽地笑着。当时丈夫的心里，该是多么地绝望啊。

可是，无论他怎么挣扎，绑在身上的绳子，也只会越来越紧地扎进肉里。我不由得连滚带爬地朝我丈夫跑去。不过，我还没跑到他身边，他便一脚将我踢倒。正在这时，我发现丈夫的眼里，有一股难以言喻的光，无法形容的——直到现在，每当想起这眼神，我便浑身不自觉地发起抖来。一句话没说的丈夫，只凭这刹那的眼神，便传达出了他心里的意思。只是，在他眼光中闪过的，不是愤怒，也不是悲哀——而是对我的轻蔑、冷漠。与其说我是被他踢倒，倒不如说是被他那眼神击倒，我不由得放声大叫，晕厥过去。

等我醒过来时，那穿着藏青色便服的男人，已经不知去向。只剩丈夫还被绑在杉树根上。我终于从竹叶堆里撑起身子，注视着丈夫的脸。但是，丈夫的眼神还是与刚才相同。在冷酷的蔑视中，还夹杂着一丝憎恶。羞耻、悲哀、愤怒——我真不知该如何描述我当时的心情。我摇摇晃晃地站起来，走到丈夫跟前。

“官人！事情已经到了这个地步，我与你已经不能再做夫妻了。我已决心一死。但是——你必须得跟我一起死。你亲眼看见了我被凌辱的画面，我不能留你一个人在世上。”

我拼了命才说出这番话。但是，丈夫仍只是一脸憎恶地望着我。我克制着自己碎掉的心，寻找他的刀。然而，大概是被那盗贼夺去了吧，别说刀了，就连他身上的弓箭，也不知去向。可是幸好小刀落在了我的脚边。我举起小刀，再度对丈夫说：“请把命给我吧，我马上就会随你而去的。”

丈夫听到这句话，终于动了动嘴唇。当然，他嘴里塞满了竹子落叶，我完全听不清他在说些什么。但我马上领悟到了他的意思——他仍旧轻蔑地看着我，说了句“杀吧”。我像做梦似的将那把小刀朝他穿着浅蓝色便服的胸口刺去。

那时我又昏过去了。等我再醒过来时，环顾四周，丈夫仍被绑在树根上，早已断了气。夕阳透过竹子和杉树的缝隙，带来一丝余晖，照在他那苍白的脸上。我强忍着泪水，解开了绑在他身上的绳子。之后——之后怎么样？之后的事儿我实在没有力气再说了。总之，我实在没有勇气结束自己的生命。我也曾试过拿着小刀对准自己的喉咙，也曾试过跳进山脚的池子里，然而我最终没死成。当然，这没什么可值得骄傲的。（寂寞的微笑）

像我这么窝囊的女人，可能连大慈大悲的观世音菩萨，也不愿意超度我吧。杀夫的我，被强盗凌辱的我，究竟该何去何从呢？我到底——我——（突然开始剧烈地啜泣起来）

亡灵借女巫之口所作供词

盗贼凌辱了妻子之后，就地坐在那里，对妻子开始百般安慰起来。我自然是无法开口说话，身体也被绑在杉树根下动弹不得。但是，在那期间我一直在对妻子使眼色。这男人说的话可不要当真，他说的全都是谎话——我想将这些传达给我妻子。然而妻子却悄然坐在竹子落叶上，眼睛一直盯着自己的膝盖。看样子，对强盗的话听得入了迷。我出于嫉妒，不断扭动着身体。可是，盗贼仍然滔滔不绝地说着甜言蜜语："你已失身于我，再不能同丈夫和好。与其跟着丈夫走，倒不如做我的妻子，如何？我是因为喜欢你，才会做出这种荒唐事。"——到最后，盗贼竟胆大包天地说出这种话。

听了盗贼这番话，妻子入迷地抬起头来。妻子从未如此美丽过。如此美丽的妻子，在我面前，会给强盗一个怎样的回答呢？尽管我现在已不在人世，但每每想起她那时的回答，仍觉怒火中烧。"那你带我走吧。"妻子确实是这么说的。（长久的沉默）

妻子的罪孽远不止于此。若只是这些的话，我也不至于到了阴间还如此痛苦。妻子像着了魔似的任由盗贼拉着手，正要走出竹林外时，突然大惊失色地指着被绑在杉树脚下的我。"杀了他，只要他还活着，你就别想让我跟你过。"——妻子像发疯似的反复叫嚷着这句话。“杀了他！”——这句话就像飓风一样，将我吹落到地狱的深渊之中。你可曾听过如此可恶的话？你可曾听过如此可恨的话？你可曾听过——（嘲笑喷涌而出）听到这话时，连强盗也大惊失色。“杀了他！”——妻子嘴里叫喊着这句话，死死地抓住盗贼的手腕。盗贼注视着妻子，没说杀，也没说不杀。就在这时，妻子被一脚踢倒在落叶上。（再次迸发出嘲笑声）

盗贼静静地抱着胳膊，望向我说：“这个女人要怎么处置？杀了她？还是放了她？你只需要点头即可，杀吗？”——仅凭这一句话，我便愿意原谅这盗贼所有的罪过。（再次，长久的沉默）

在我犹豫之时，妻子大叫一声，跑进了竹林深处。强盗立马追了上去，却连她的袖口都没抓着。我如做梦般，看着眼前的场景。

妻子逃走之后，盗贼拿起我的刀和弓箭，将绑在我身上的绳子割断。“这回该轮到我逃了。”——我记得那盗贼逃向竹林之外时，说了这句话。我一边解开身上的绳子，一边侧耳倾听。但是听到的，只有我自己的哭泣声。（第三次长久的沉默）

我总算从杉树脚下，立起疲惫的身躯。我的眼前闪过一道光，那正是妻子掉下的小刀。我拾起小刀，一把刺进自己的胸膛。一股带腥味的东西涌上我的口腔。但是，却没有一点儿痛苦。只是，当胸膛逐渐冷却下来时，四周更加寂静了。该怎么形容这种寂静呢？在这深山竹林的上空，甚至听不到一只鸟儿的啼鸣。唯有一抹寂寥的斜阳，扫过杉树和竹子的梢头。那斜阳——也在逐渐暗淡，连杉树和竹子也看不见了。我倒身其中，被这寂静包围。

这时，有人蹑足走近我身边。我想抬头看看是谁，然而四周已笼上一层薄雾。是谁——不知是谁的手，拔出了刺进我胸膛的小刀，同时，我的口中再次喷涌出血浆。那之后，我便永久地坠入阴间的黑暗之中了……

偷盗

一

“阿婆，猪熊[1]的阿婆。”

在朱雀绫小路的十字路口，一个穿着朴素的藏青色褂子、戴着乌布软帽、二十出头、相貌丑陋的独眼武士，举着折扇，将过路的老妇叫住。

一个七月的午后，闷热的云霞缭绕的夏季天空，像压低气息似的，从上方包裹着家家户户。男子驻足的十字路口，一棵纤细的、枝条稀疏的柳树，像染了当季的流行病一般，象征性地将影子投射在地面。此处，没有一丝要吹动那柳叶的风。再者，阳光照耀下的马路，像是被太阳晒蔫了似的，一时间行人绝迹，只剩下刚才走过的牛车留下的长长的弯弯曲曲的车轱辘印，以及被那车轱辘轧过的一条蛇。蛇被轧断的伤口处肉色发青，刚开始，它的尾巴还微微颤动，不久便将那油光发亮的腹部仰躺着朝天，连一片鳞片都动不了了。目之所及，沐浴在炎炎烈日下的这条道路的十字路口，如果说还有一点儿湿润的东西的话，那便是从那条蛇的伤口处流出来的带着腥味的腐烂臭水了。

“阿婆。”

“……”

老妇慌慌张张地回过头。她看起来大概刚过六十岁吧，身穿一

---

① 日本地名，位于京都市西大宫与堀川河之间。

件脏兮兮的黑紫色麻单衣，发黄的头发耷拉着，拖着一双脚后跟被磨破的草鞋，拄着长长的驼峰形拐杖。她的眼睛很圆，嘴巴很大，让人不禁想起癞蛤蟆的长相。真是个寒酸的女人。

“哎呀，这不是太郎吗？”老妇用像是被太阳光噎住的声音说道。她拄着拐，往回走了两三步，在开口之前，先用舌头舔了舔上嘴唇。“有什么事儿吗？”

“不，没什么事儿。”独眼武士那张有着淡淡的痘印的脸上挤出假笑，用听起来有些勉强的声音，快活地说道，“我只是想问问，沙金现在在哪儿。”

“你只要有事儿，准是找我女儿。真是从我这乌鸦窝里生出了个凤凰啊。”猪熊阿婆反唇相讥，有些讽刺地挖苦道。

“也算不上什么要紧事。今晚的安排，还没听说吧。”

“什么？安排有什么变化吗？集合地点是在罗生门，时间是亥时头一刻[1]。跟大家之前约定好的一样。”老妇说着，狡猾地环顾左右，确定路上没有人，像是松了口气似的，又舔了舔厚厚的嘴唇，“那宅子的模样，大概就是我女儿打听到的那样。听说那家的武士里有武功高强的家伙。详细的情况，我女儿晚上会说。”

听了这话，那个被叫作太郎的男子，用黄色的扇子挡着太阳，近似嘲笑地歪了歪嘴。

“那么沙金，又是和哪位武士交往甚密呢？”

“什么？估计是装成女商贩还是什么的去的吧。”

“还是什么的？她做的事儿一般人可猜不到啊。”

“你还是疑心这么重啊。所以我女儿才会讨厌你啊，你吃醋也该有个度啊。”

老妇笑了起来，举起拐杖，戳了戳路旁那条死了的蛇。不知何时，

---

① 晚上十点半左右。

苍蝇成群结队地盯上了那条蛇，不一会儿又都飞走了。

“你要是不好好加把劲儿的话，可是会被次郎给抢了先哟。当然，被抢了先也没什么，只是那样的话，可就不是那么简单的事儿了。到那时候，就连老头子都会变了脸色，更何况是你呢。”

“我知道。”对方皱着眉头，像是十分忌讳似的，朝着那柳树根吐了口唾沫。

“我可不知道事情会发展成什么样。虽说你现在是装成个没事人，可你发现了我女儿和老头子间的事儿后，就像疯了一样。老头子要是再强势点儿，可是马上就会对你拔刀相向哟。”

“那已经是一年前的事儿了。”

“无论是几年前的事儿，都是一样的。有句话说得好，做过一次的事情，就会做三次。要真是只做三次的话，倒还好。就连我，都这把岁数了，同样的傻事做过多少次，我自己都记不清了。”说罢，老妇笑了笑，露出一口稀疏的牙齿。

“您说笑了。说点儿正事，今晚的对手，据说是衙门里的藤原判官，准备工作都布置好了吗？”太郎被太阳晒得黝黑的脸上，浮现出焦躁的神色，忙转移了话题。正巧这时，一片云峰挡了太阳的道，天色倏地暗了下来。昏暗之中，那条死蛇的油亮腹部比之前更加耀眼。

“什么？藤原判官吗？那身手，一人能顶四五个小侍卫。那不正是我的老本事吗？”

“哦？阿婆，你口气可不小啊。我们这边有多少人呢？”

“照例，还是二十三个男人，再加上我和女儿。阿浓因为有身子，让她在朱雀门前等着。”

“这么说来，阿浓快要生了啊。”

太郎再次嘲笑似的歪了歪嘴。几乎同时，乌云突然消失，周围瞬间恢复了之前那刺眼的明亮。猪熊阿婆弯下腰，断断续续地发出乌鸦似的笑声。

“那个傻子，到底是怀了谁的种啊？不过，阿浓的心，可是一直都在次郎的身上啊，怎么就怀了别人的孩子？”

“是谁的孩子暂且不论，她怀着身孕，干什么都不方便吧。”

“那总归还是有办法的。可是她不听，真是伤脑筋啊。不过也托她的福，现在只有我一个人能使唤同伴们。真木岛的十郎、关山的平六、高市的多襄丸，之后我们得去三轩转转了。哎呀，跟你这闲聊的当儿，都快到未时[①]了。你听我唠叨，也听烦了吧。”老妇说着，拿手里的驼峰拐杖，敲了敲地面。

“但，沙金呢？”

此时，太郎的嘴唇微微抽搐了一下。老妇好像没有注意到这一点。

“今天这样子，许是在我猪熊老家睡午觉吧。昨天才回来的。”

独眼武士一直注视着老妇，然后，静静地说：“那么，太阳落山之后再见吧。”

“好，在那之前，你也好好地睡个午觉吧。”

猪熊阿婆说着客套话，说罢便拄着拐杖走开了。她穿着麻单衣，扬起破草鞋上的尘土，不惧日晒，像只猴子一样，沿着小路，朝东走去了。武士目送她离去，额头上渗满豆大的汗珠，露出严峻的表情。他再次朝柳树根吐了口唾沫，然后，缓缓移动脚步。

两人分别之后，聚集在死蛇身上的苍蝇，仍旧在灼热的日光下，拍打着翅膀，飞飞停停……

二

猪熊阿婆那黄色的发根，被汗水浸得湿漉漉的，她顾不上去擦脚上的泥土，伴着拐杖落地的声音，远去了。

---

① 下午两点。

虽是她常走的路，但与自己年轻时相比，的确发生了翻天覆地的变化。她想起自己在厨房做婢女时的事儿，那时意想不到地被身份悬殊的男子挑逗，最终生下了沙金。如今的京都城，一点儿当年的影子都没有了，只有名字还和当时一样。从前车水马龙的道路，如今种满了蓟花，寂寞地开在背风向阳处；在快要倒了的墙壁中，结着青色的无花果实；不怕人的乌鸦，白天成群结队地聚集在没有水的池塘里。在这变迁中，她自己也不知不觉生出了白发，长出了皱纹，终于成了一个再也直不起腰的老人。京都已不是从前的京都，自己也不是从前的自己了。

不仅如此，随着相貌的改变，她的心境也发生了变化。刚知道女儿和现在的丈夫之间的关系时，哭过闹过。但是，哭过闹过之后，又觉得这事儿也不过如此。盗窃也好、杀人也罢，只要习惯了，就跟一般职业一样。正如这京都的大路小路上都杂草丛生，自己的心也已荒芜到不为荒唐之事所苦了。但是，从另一方面来看，这一切又似乎一点儿没变。女儿今日之所为，与自己当初之所为，意外地有着某种相似之处。女儿与那太郎还有次郎之间做的事儿，也与丈夫年轻时与自己所做之事无异。人啊，无论到了何时，都是在重复同样的事情吧！如此想来，京都还是从前的京都，自己也还是从前的自己。

猪熊阿婆的心中，没来由地浮现出这样的想法。大概是因为寂寞的心被这想法填满了吧，圆圆的眼睛变得温柔，如癞蛤蟆般的脸上的肉，不知不觉间也松弛下来，脸上绽开笑容。转眼，老妇那满是皱纹的脸上，活生生地浮现出冷笑，驼峰拐杖发出比之前更急促的撞地的声音。这也难怪，在前方不远处，已经开始坍塌的瓦顶泥土墙横在道路和芒草地（原本应该是别人的庭院）之间，中间有两三棵花朵盛开的合欢树。被太阳晒成暗绿色的瓦上，耷拉着蓬乱的红色花朵。那儿有一间奇怪的小屋，四角枯竹做的柱子耸入云天，用旧草席做的墙壁垂下来，落寞地点缀着四周荒凉的场景。无论从它所处的位置来看，还是从它的外观来看，都会让人觉得那小屋里住着乞丐。

尤其吸引老妇的，是那小屋前叉手伫立的十七八岁的年轻武士。他穿着枯叶色的褂子，腰横黑鞘大刀，不知为何正神情仔细地望着小屋里面。老妇只看一眼那稚气未脱的眉宇和还带点儿孩子气的落寞脸颊，便认出了这是谁。

"次郎，你在干什么呢？"猪熊阿婆走到他身边，停下驼峰拐杖，一字一顿地叫道。

对方吃了一惊，回头一看，长着如癞蛤蟆般的脸的白发的猪熊阿婆，正拿舌头舔着那厚厚的嘴唇。于是他露出洁白的牙齿，微笑着指着小屋里面。

小屋里有一张破了的草席，直接铺在地上，一位四十岁模样的小个子女人，以石头作枕，躺在草席上。女子近乎全裸，覆体的只有腰间盖着的一件麻布汗衫。她的胸部和腹部都充血，如果用手指按下去，黄色的血脓便会像水一般缓缓流动。尤其是，从草席的裂缝中漏进来的阳光照射到的地方，腋下及脖子根部，有像烂了的杏子一般的黑斑，从那里散发出一股难以形容的臭味。

枕头下方，有一个边缘破了的陶碗（碗的底部粘着饭粒，之前应该是装粥的），像是被扔在了那里。可能是谁的恶作剧，里面有五六个沾满了泥土的小石块。中间立着一根花和叶子都已枯萎的合欢树枝，许是模仿高脚器皿周围的花纸吧。

见此情形，就连一向刚强的猪熊阿婆，也不由得蹙紧了眉头，向后退了一步。刹那间，猪熊阿婆的脑海中浮现出方才那条蛇的尸体。

"哎呀，这个，这人许是染了疟疾吧。"

"是啊，估计是看她快不行了，把她就近扔在了这儿吧。这可真是难办了。"

次郎再次微笑，露出洁白的牙齿。

"你是怎么发现这个女人的？"

"我正巧从这儿路过，看到有两三条野狗，像是寻着好食儿了似的，撞在了一块石头上，我就跟着追过来了。要是我没跟过来的话，估计那尸体都已经被啃掉一条胳膊了。”

老妇将驼峰拐杖抵在自己的下颚，再次仔仔细细地端详着那个女人。从女人身上找到了刚才被狗咬的痕迹。细沙上铺着破旧的草席，斜躺着两只胳膊，那浮肿的土黄色皮肤上，有三四处开始发紫的利齿留下的咬痕。但是，那女人始终紧闭双眼，甚至不知道是否还活着。老妇再次感到一股强烈的厌恶席卷心头。

“她到底是活着，还是已经死了啊？”

“不知道啊。”

“好办啊。如果她已经死了的话，被狗吃也无所谓吧。”

老妇说着，抬起驼峰拐杖，从远处使劲地戳了戳那女人的头部，将那女人的头戳离了石枕，头发随之拖到沙子上，整个人也歪歪扭扭地趴在了草席上。但那病人，依旧紧闭着双眼，连脸上的肌肉都一动不动。

“估计她已经不行了吧，刚才她被狗咬的时候，也是一动不动。”

“那不就是已经死了吗？”

次郎第三次微笑，露出洁白的牙齿。

“就算是死了，给狗吃掉，也太过分了吧。”

“这有什么过分的？都已经死了，给狗吃，又不痛。”老妇手拄在拐杖上，伸直了腰，将眼睛睁大狠狠地瞪了一眼，用嘲笑的口吻说道。

“与其活着抽搐受苦，不如让狗咬断喉咙，那样说不定更好。她都这样了，反正也活不长了。”

“可是，看到人被狗吃，怎么能默默无视呢？”

听他这么说，猪熊阿婆伸舌舔了舔上唇，不以为然地说道：“互相平静地看着别人杀人，这不是人生来就有的本领吗？”

“这么说，倒也是。”次郎挠了挠两鬓的头发，第四次露齿微笑，他温柔地看着老妇，问道，“你要去哪儿，阿婆？”

“我托你给我带个口信吧，给真木岛的十郎、高市的多襄丸，对了，还有关山的平六。”

这么说着，猪熊阿婆已经拄着拐杖，走出了两三步。

“嗯，去也行。”

次郎也终于与老妇并肩走在炎热的道路上，渐渐离那个有病人的小屋越来越远了。

“见了那东西，你的脸色变得非常不好。”

老妇夸张地皱了皱眉。

“平六的家，你应该知道在哪儿吧。沿着这条路直走，立本寺大门的左边，就是藤原判官的宅邸，再往前走一条街就是。你顺便转转那府邸周围，好为今晚的事情踩点。”

“我一开始也是那么打算，才来这儿的。“

“是吗？还是你机灵呀。你哥哥那面相，稍有不慎，就一定会被对方察觉，踩点这种事儿是绝对不能让他干的。你的话就完全没问题了。”

“真是可怜，在阿婆您的嘴里，我哥可真是不行啊。”

“什么？我可是最说他好话的人。要是你阿公的话，会说一些不能让你听见的话哟。”

“也是，因为有那件事嘛。”

“有是有，不是也没说你的坏话吗？”

“大概是因为把我当孩子看吧。”

两人一边这样闲聊着，一边悠闲地漫步在狭窄的道路上。越走，越感觉到京都街道上的荒凉。房屋与房屋之间，冒着青草热气的芒草荒原，连绵不断的瓦顶泥土墙，残存的几棵过去种的松树和柳树——无论看哪里，都觉得这个曾经的大镇，与它那空中微微飘着的死人的臭味一起，快要消亡了。途中只碰到一名手戴木屐爬行的乞丐，与他们向相反的方向前行。

“不过，次郎，你可要小心啊。”猪熊阿婆的脑海里突然浮现出太郎的脸，苦笑着说道，“你哥哥好像也很为我女儿着迷。”

但是这件事对次郎内心的影响，好像比她想象中更大。他俊秀的眉宇间倏地被愁云覆盖，不悦地垂下眼帘。

“那，我也注意点儿吧。”

“可就算你注意点儿。”老妇对对方感情有如此剧变感到些许惊讶，照旧舔了舔嘴唇，嘟囔道，“就算你注意点儿啊……”

“但是，哥哥的意图终归是哥哥的意图，我也不知道啊。”

“既然如此，我就直说了。其实，我昨天见到我女儿了。我把今天未时下刻[①]要与你在立本寺门前见面的事儿告诉她了。然后她说她打算半个月不见你哥，让你把这话告诉他。他肯定又要跟你起纠纷吧。”

猪熊阿婆娓娓道来，次郎几次沉默着焦急地点头，像是想打断她似的。但是，阿婆并没有要停下来的意思。

“刚才，我在对面的路口碰见你哥的时候，把这些都告诉他了。做我们这一行的，听了这话是会马上拔刀相见的。要是万一伤着我女儿了可怎么办？我唯一担心的，就是这个。我女儿就是那么个性格，太郎又是一根筋，所以我想把女儿托付给你。你是个善良的孩子，连死人被狗吃都看不过去。”

老妇想要强行消除自己的话带给次郎的不安，故意用嘶哑的声音笑着说。但是，次郎依然阴沉着脸，像是在深入思考什么事儿似的，低垂着眼帘沉默地走着。

“希望这孩子别干出什么不好的事儿。”猪熊阿婆加快拄着拐杖的步伐，心里开始深深地祈祷着。

正巧这时，镇上的三四个小孩把死蛇吊挂在木棍上，路过那躺着病人的小屋。有一个恶作剧的小孩，在远处站定，将那条蛇向那女人的脸上抛去。泛着青黑色油光的蛇腹，正好落在女人的脸颊上，被腐烂的臭水浸湿的尾巴，耷拉在女子的下巴处——这时，孩子们齐声大叫“啊”，便向四方跑开了。

---

① 下午三点半左右。

迄今为止像死了一样的女人，这时突然睁开了她那松弛的黄色眼眶，如同臭掉的蛋白一般的眼珠子，浑浊地注视着天花板，用不知是呼吸还是叹息的东西，从干裂的嘴唇深处发出微弱的声音。

三

次郎别过猪熊阿婆，时不时用扇子扇着风，也不刻意走在阴凉处，一路往北，在朱雀大道上缓缓地挪着步子。

白天的路上，也很少有行人。有一名武士骑在栗毛马上，马上安着带着纹样的马鞍，旁边跟着一位随从，背着装着铠甲的柜子。武士戴着绫蔺斗笠[①]遮太阳，悠闲地通过道路。后方，只有忙碌的燕子白色的腹部偶尔闪过，时而掠起路上的沙子。用木板和扁柏树皮铺成的屋顶的上方，有很多聚集着的干旱的乌云。它们从之前开始便凝固在那里，像是要将金银铜铁都融化似的，连一点儿要动的迹象都没有。两侧林立的房屋，都一片宁静，似乎让人怀疑，那用木板做成的密格吊窗和用蒲草叶做成的窗帘背后，镇上的人们是不是已经绝种了。

（正如猪熊阿婆所言，沙金被次郎夺去的担忧，正要变成现实。那个女人，——那个道德败坏的女人，比起满脸痘印、独眼丑陋的自己，去选择在太阳底下烤着也仍然眉清目秀，且更年轻的弟弟，本来也不是什么不可思议的事儿。只是，他仍然单方面地相信，次郎——那个从小就羡慕自己的次郎，能够察觉到自己的心情，即便沙金主动向他伸出手，他也有能拒绝那份诱惑的羞怯。但是，如今

---

① 用灯心草编制、内衬绢绸的草笠。圆形，两侧微下垂，中间高高地突起。武士们狩猎或骑射时戴用。

想来，这不过是自己的一厢情愿。不，与其说是太高看弟弟，毋宁说是低看了沙金极尽娇媚之能事的本领。不仅仅是一个次郎。那女人一个媚眼，都能电死的男人的数量，远远多过在这炎热天气下飞舞的燕子的数量。其实，就连自己，也只是看了那女人一眼，便深深地沦陷了……）

这时，一驾用红丝带装饰的女人用的牛车，走过四条坊门[1]的路口，静静地超过了太郎，向南走去。虽然看不见车中坐着的人，但那染成红色的用生丝织成的车帘，在荒无一人的大道上，十分娇艳夺目。车旁跟着的牛童和杂役，朝着形迹可疑的太郎看了一眼，唯有那头牛，低垂着牛角，高挺着漆黑的背，目不斜视慢吞吞地走着。但是，沉浸在无边无际的思绪中的太郎，直到被车上的金属装饰反射过来的太阳光晃了眼才抬起了头。

他稍微驻足，等着车子过去，又低垂着他那只独眼，默默地走起来。

（想起我当初在京都东边的牢房里当狱卒时的事儿，好像已经很遥远了。把当时的我与现在的我相比，连我自己都不觉得是同一个人了。那时的自己，敬三宝[2]之事断不敢忘，遵王法之事也谨记心间。但如今，我盗过窃，偶尔也放火。杀人之事，干了也不止两三回。啊，过去的自己——过去的自己会与狱卒同事们打桥牌，笑着，乐着。如今看来，那时的自己，是何等的幸福啊。

想来如同昨日，实际却已是一年前的事儿了。那女人，因盗窃，被检非违使送进了牢房。我与她偶然间成了牢房里隔着铁栅栏的聊友。随着聊天的内容越来越深入，我们不知不觉聊到了对方的身世。

---

① 四条坊门，京都东西向的一条主要道路，在平安京时被称为“四条坊门小路”，是京都著名的古道之一。

② 佛教三宝，即佛、法、僧。

最终，猪熊阿婆带着一伙强盗来劫狱救那女人时，我睁一只眼闭一只眼，放她走了。

从那晚开始，我去过几次猪熊阿婆的家。沙金计算着我要来的时间，从上半细格支窗[①]中，窥伺着夕阳下的道路。看到了我的身影之后，便发出老鼠般的叫声招呼我进屋。家里除了下人阿浓，没有其他人。不久，她放下了密格吊窗，将烛台点上，然后在屋子里的榻榻米上，摆上食盘和高脚漆盘，两人单独小酌一杯。末了，我们时而笑着，时而哭泣，时而吵架，时而和好——说起来，做着世间所有的恋人都会做的事儿，不知不觉到了天明。

日落而来，日出而归。——这样的日子持续了大概一个月。其间，我大概知道了沙金是猪熊阿婆带来的同前夫生的孩子，现在是二十多个强盗的头儿，不时在京中作案。沙金平日出卖姿色，如傀儡般度日。而这些，反而赋予了那女人如书中人般的圣光，完全没有一丝卑贱之感。当然，那女人有时会让我加入她的强盗团伙。但是，我从来没有答应过。于是，那女人说我胆小，看不起我。终于，我生气了。……）

“驾！驾！”有呵斥马儿的声音传来，太郎慌忙让开了道路。

一个穿着汗衫的贱民牵着一头左右两边分别背了一袋米的马，拐过三条坊门的路口，连汗都顾不上擦，在炎热的天气下，沿着大路径直地南下了。那匹马在地面上投下一个黑黑的影子。燕子轻盈地扑扇着翅膀，向斜对面的上空飞去。突然，它如被投下的小石子般，掠过太郎的鼻尖，像一条线似的，笔直地落入木板排成的房檐上。

太郎一边走着，像刚想起来似的，呼啦呼啦地扇动着手里的黄纸扇。

（那样的日子一成不变地过着，我偶然发现了那个女人恶劣的行

---

① 把细格支窗分为上下两扇，将上扇顶起来，使其看上去像在椽子上吊着似的。

为。原本，我就知道，我不是沙金唯一的男人。沙金自己也曾多次在我面前骄傲地提起，那些与她相好的公卿和法师的名字。但我是这么想的：可能有无数的男人占有过她的身体，但是，只有我一个人占据她的内心。是啊，女人的贞操不在于身体。——我对此深信不疑，压抑着自己的嫉妒。当然，这也是那女人潜移默化中灌输给我的想法。总之，这么想来，我那苦闷的内心，总算是好受了些。但是，那女人与其养父的关系，却与此不同。

我发现这层关系时，非常地不悦。行这种不伦之事的父女，即便杀掉也难解心头之恨。而默默看着这一切的猪熊阿婆，简直比畜生还要残忍。怀着这种想法的我，每当看见那老头儿的醉汉脸，不知多少次有想要举起刀杀死他的冲动。但是，每当这时，在我面前，沙金都表现得比我更加看不起她的养父。于是那拙劣的伎俩，又不可思议地将我的内心变得迟钝。只要沙金对我说，“我讨厌父亲到无以复加的地步”，就算我再怎么不喜欢她的养父，对她也是完全讨厌不起来。于是，我与她的养父相互敌视到现在，却什么都没有做。如果那个老头儿能更有勇气一些的话——不，如果我能更有勇气一些的话，我们中的一个，一定早就死了。）

太郎抬起头，不知不觉间，他已经拐过二条，到了一座横跨耳敏川的小桥上。那快要干涸的小溪，如大刀一般反射着太阳光，绵绵不绝地向岸边的柳树和房屋间输送潺潺细流。在河流遥远的下游，有两三只像是鸬鹚[①]似的黑色水鸟，有几个镇上的小孩在水中洗澡，打乱了水面的粼粼波光。

太郎的心里，一瞬间闪过儿时的记忆——那是与弟弟一起，在五条桥下钓鱼的记忆。这记忆，如炎炎夏日吹过的微风般，悲伤却

---

① 一种水鸟，俗名鱼鹰。

又令人无比怀念地吹入他的心底。但是，如今的他和如今的弟弟，都已不是从前的他们了。

太郎走过桥，在他那有着淡淡痘印的脸上，又闪现出一丝严峻的神色。

（之后，突然有一天，在筑后[①]做前任国司的小随从的弟弟，因偷盗的嫌疑，被抓进了京都西边的牢房。作为狱卒的自己，比谁都清楚狱中有多苦。我像担心自己的事儿一般，担心着还在长身体的弟弟。于是我找到沙金商量，那女人想都没想，便说："劫狱把他救出来不就好了？"一旁的猪熊阿婆也不时地劝我用这个方法。我终于下定了决心，与沙金一起，集结了五六个强盗，那晚劫了狱，顺利将弟弟救了出来。那时受的伤，现在在我的胸上还留有疤痕。但是比这更难忘的是，我那时第一次，杀了一个狱卒。那个男人的尖叫声和血腥味，到现在还缭绕在我的心头。现在想着，我仍然觉得在这湿热的空气中，还飘荡着那声音和气味。

从第二天起，我便与弟弟，在沙金家过起了掩人耳目的生活。因为是犯过罪的人，无论是堂堂正正地生活，还是危险度日，在检非违使的眼里，已没有太大的分别。既然横竖都要死，那就多活一天是一天吧。有着这样想法的我，终于如沙金所言，与弟弟一起，成了强盗。那之后的我，杀人放火，无恶不作。当然，最开始，也都是半推半就做的。但是，干过一次之后，我发现那并非什么难事。不知从何时起，自己心里竟觉得，杀人是一件很自然的事情……）

太郎在半无意识的状态下过了马路。十字路口处，有一个用石子围起来的坟头，坟头后方有两块塔形的石柱，在午后的太阳光底

① 日本古代令制国之一，位于现在福冈县南部。

下赫然并立着。有几条像煤炭一样黑的蜥蜴紧贴着其根部，或许是被太郎的脚步声吓到了，他的影子一落到那里，那些蜥蜴便向四周散开了。但是，太郎并没有心情注意这些。

（随着我的坏事越干越多，我感觉到自己越来越爱沙金。杀人也好，盗窃也罢，一切都是为了她——其实，就连劫狱，与其说是为了救弟弟，毋宁说是害怕因眼看着唯一的弟弟被杀，而被沙金嘲笑——一想到这里，无论让我拿什么来换，我都不愿意失去那个女人。

就是我如此深爱的沙金，如今，却要被我血亲的弟弟夺走了，就要被那个我赌上性命救出来的次郎给夺走了。要被夺走，或者说，已经被他夺走了，我连这都不知道。从未怀疑过沙金的心的我，觉得她勾引别的男人入伙这件事，是为了方便行事，所以我是默许的。另外，她与养父的关系，若把那想成是老头儿用父亲的威严引诱了她，我也能装作看不见，就这么过下去。但是，她与次郎的关系，就另当别论了。

我与弟弟性格上的差距，没有外貌上的差距那么大。说到容貌，是因为七八年前的天花，我感染得较重，而弟弟较轻。所以次郎完美地保留了出生时的眉眼，长成了一个英俊的男儿。而我，却失去了一只眼睛，成了一个残废。如此丑陋的、独眼的自己，如果现在还能抓住沙金的心的话——这也许只是我的自我陶醉罢了——一定是因为她爱的是我的灵魂。但是这样的灵魂，与我同父同母的弟弟，也同样拥有。而且，无论在谁眼里，弟弟都比我英俊得多。沙金的心被这样的次郎吸引，原本就是理所当然的事情。而次郎那边，我站在他的角度思考一下，发现他到底是抵御不了那女人的诱惑。不，我始终为自己丑陋的外貌而自卑，所以对于恋爱方面的事情，通常都很节制。但是即便如此，我还是疯了似的爱上了沙金，更何况深知自己英俊的次郎呢？他又如何能对那女人的娇媚不给予任何的回应呢？

这样想来，次郎和沙金在一起，是完全在情理之中的。仅仅是因为这在情理之中，仅仅因为这个，就已经让我非常痛苦了。弟弟要将沙金从我身边夺走。并且，要将沙金的全部，从我身边夺走。这个时刻一定会到来的。我失去的，不仅仅是沙金，连弟弟也会一起失去。取而代之的，是一名叫作次郎的敌人。我是不会宽恕一个敌人的。而敌人，也不会放过我的。于是，现在我就能猜到我们的结局。不是他死，就是我亡……）

死人的臭味扑鼻而来，太郎对此大吃一惊。但是他心中的死，还没有开始发臭。一看，猪熊小路的边上，一个竹栅栏围墙下，有两具已经腐烂的儿童的尸体，全裸着被扔在那里。许是被烈日照射的缘故，已经变色的皮肤上，绽出发紫的肉纹，上面停着几只苍蝇。不仅如此，其中一个孩子倒扣的脸上，已经爬上了几只腿快的蚂蚁。

看着这幅景象，太郎仿佛看到了自己的结局，不由得紧紧咬了咬下唇。

（特别是，最近这段时间，沙金有点儿躲着我了。偶尔碰到了，也不给我好脸色看。有时还会当着我的面说我的坏话。每次我都非常生气，有时还会打她或是踢她。但是，在打她踢她的时候，我觉得是在打我自己。这也不是没有道理的，我人生的二十年，全都寄居在沙金的眼里。所以失去沙金，对我而言，就是失去了过去的自己。

失去沙金，失去弟弟，与此同时，连自己也失去了。我失去所有的时刻或许就要到来了……）

这么想着，他已经来到了挂着白布的猪熊阿婆家的门口。到这里，还是有死人的臭味飘过来。门口一侧，有垂着暗绿色叶子的枇杷树，树的影子浅浅地映在窗子上，带来一丝凉意。到这树下，到这门口来的次数，他都数不清了。但是，这之后还会来几次呢？

太郎感到一丝疲惫，沉浸在悲伤中，眼里涌出泪水，静静地向门口走近。就在这时，家中传来女人刺耳的声音，和猪熊老头儿的声音交织在一起，贯穿他的耳朵。如果这声音是沙金发出来的话，他无法放任不管。

他撩起入口的布，慌忙踏入微暗的家中。

四

与猪熊阿婆分开之后，次郎带着沉重的心情，一步一步数着立本寺门前的台阶走上去，来到那朱漆剥落的圆柱下，像是累了似的坐下来。坐在那斜挑出来的高瓦下方，即便是在如此炎热的夏日，也能躲过阳光的照射。往后方看，一座金刚力士[①]踩着青莲花，左手高举杵，胸前还粘着燕子的粪便，寂静地守护着寺庙。到这里，次郎才终于冷静下来，开始好好思考自己的内心。

阳光依旧照耀着眼前的道路，在空中纷飞的燕子，如同黑色的绸缎一般闪闪发光。一名穿着白色褂子的男子，撑着巨大的遮阳伞，拿着青竹文夹[②]夹着的文书，看起来很热似的从面前慢慢地走过。在那之后，对面连绵不断的瓦顶泥土墙上，便连狗的影子都未曾出现了。

次郎将插在腰上的扇子拿出来，将上面的乌木扇骨一根一根地打开，又一根一根地收回去，一次又一次地回想着哥哥与自己的关系。

为什么自己要如此痛苦？唯一的兄长，将自己视作仇敌。每次见面，就算自己主动开口，对方也不接话茬儿，导致谈话总是中断。将这些与自己和沙金的关系联想起来，也不是不可理解。但是他每次与那个女人见面，都会觉得对不起哥哥。尤其是每次见完面之后，

---

① 金刚力士，手持金刚杵守护佛法的天神，作愤怒神情。

② 青竹文夹，将文书呈递给贵人时使用的白木杖，夹于前端称为“鸟口”的金属夹上。

他那孤寂的心中，都会生出对哥哥的怜悯之情，在无人之处独自掉泪。其实，他甚至想过，离开哥哥，离开沙金，去东国。这样一来，哥哥便不再憎恨自己，自己也能忘了沙金。这么想着，他打算暗自请辞，去哥哥那里道个别；可是每次，哥哥都对自己爱答不理。那么，就去跟沙金道个别吧；可一见到沙金，就将自己好不容易下定的决心都忘了。每次，他都感到深深的自责。

但是，哥哥不懂自己的这份痛苦，只是一厢情愿地将自己当作他的情敌。就算被哥哥骂也好、吐唾沫也好，或者在某种情况下被哥哥杀死也好，他只想让哥哥知道，他对自己的不义是何等自责，而对哥哥又是何等同情。只要哥哥能明白这一点，无论哪一种死法，只要能死在哥哥手里，他都死而无憾。不，比起现在的痛苦，死反倒是一件幸福的事儿。

他爱沙金。但同时，也恨沙金。只要想起那女人多情的本性，他就感到非常恼火，而且她还一直在撒谎。另外，哥哥和自己杀人都要犹豫片刻，而她，却杀人不眨眼。有时，看着那女人放荡的睡姿，他甚至会想，自己是为什么会被她吸引。尤其是，看到她对陌生的男人也习惯性地投怀送抱时，他甚至有种要亲手杀了她的想法。他恨沙金，恨到了如此地步。但是，只要一看她的眼睛，还是会为她沦陷。拥有那般丑陋灵魂和美丽肉体的女人，除她之外，再没有别人了。

自己的这份憎恨，哥哥好像也不知道。比如，当撞见沙金和别的男子的关系时，哥哥和自己的态度完全不同。哥哥无论看到那女人和哪个男人在一起，都会沉默不语，认为那只是她的一时兴起，并完全默许这样的一时兴起。但是自己却做不到这样，对他而言，玷污沙金的身体和玷污沙金的心是没有分别的。他甚至觉得，玷污肉体比玷污心灵要更加严重。当然，那女人的心移情于别的男人，他也是不允许的。但是，她将身体委身于别的男人，更让他感到痛苦。正因为如此，他嫉妒自己的哥哥。愧疚的同时，又感到嫉妒。这样看来，哥哥的恋情和自己的恋情，倒像是殊途同归。这其中的差异，会使得两人的关系越来越差。

次郎茫然地看着面前的道路，深切地思考着这件事。正在这时，不知从何处传来一声尖锐的笑声，连耀眼的阳光都为之一震。尖厉的女人的声音和生硬的男人的声音，旁若无人地讲着淫邪的笑话。次郎不由得将扇子插进腰中，站了起来。

但是，他刚离开柱子下方，正要走下石头台阶时，沿着小路向南方去的一对男女，从他面前走过。

男子穿着桦樱[①]的套装，戴着涂漆的乌布软帽，大气地佩戴着带有凸纹的腰刀，三十出头的模样，看起来像是喝醉了。女人穿着白底淡紫色花纹的衣服，戴着遮面的市女笠，无论是从声音来看，还是从她的举止来看，都是沙金无疑。次郎走下台阶，死死地咬着嘴唇，故意别过脸去。但是，那两人，似乎都没有看到次郎。

"现在是说着好，到时候肯定会忘记的。"

"你放心吧，有我做担保，你就当上了条大船吧。"

"我可是赌上了性命的，所以当然要再三嘱咐了。"

男人张开带点儿红色胡须的嘴巴大笑，那嘴张得都要看到喉咙了，用手轻轻地戳了一下沙金的脸。

"我也是赌上了性命的。"

"你可真会花言巧语。"

两人走过寺庙门前，走到方才次郎同猪熊阿婆分别的那个路口，在那儿稍微驻足，不顾旁人地互相嬉闹了一会儿。终于，男人几次回头，又挑逗了几次女人之后，朝东边拐过去了。女人转身，还在窃笑着，又转回这边了。次郎站在台阶下，被一股不知是高兴还是难为情的感情驱使着，孩子般地红着脸窥探，迎接着面纱下的沙金的那双黑色大眼睛。

---

① 桦樱，彼岸樱花的一园艺品种，花为白色单瓣。

“你看到刚才那人了？”沙金掀起面纱，露出冒汗的脸，笑着问道。

“没看到。”

“那个是——算了，在这儿坐会儿吧。”

两人在石阶上并肩坐下。幸好，在这寺门之外，有一棵细长的红松树，为他们遮阴。

“那是藤原判官府里的武士。”沙金一坐下来，便摘下市女笠，说道。她个子很小，动作像猫般敏捷，是一个不胖不瘦的二十五六岁的女子。长相可以说是野性与非同寻常的美貌并存，狭窄的额头、丰满的脸颊、雪白的牙齿、淫荡的嘴唇、锐利的眼睛、大气的眉毛——这些看起来无法形成一体的部位，不可思议地集中在她的脸上，且无半点儿违和之感。最出彩的是，那垂在肩膀上的头发，在阳光的照耀下，乌黑之中散发着有光泽的蓝，宛如鸟儿的羽毛。次郎对这女人无论何时都不变的娇艳，感到一丝憎恨。

“这么说来，是你的情人了？”

沙金眼睛眯成一条线地笑着，无辜地摇了摇头：“说起那人的傻事，那可真是多了去了。我问的话，他都像狗一样一一回答。托他的福，我可都知道了。”

“知道了什么？”

“知道了什么？当然是判官府里的事儿呀。方才在那儿，他连府里买马的事儿都告诉我了。对了，要不要让太郎去把那匹马偷来呢？说是陆奥国来的刚满三岁的好马，偷来也不是不行。”

“是啊，我哥哥对你可是唯命是从啊。”

“讨厌，我最讨厌吃醋了。说起太郎，我之前还想劝劝他，现在是完全不想理他了。”

“你是不是也快对我这样了？”

“这个嘛，我就不知道了。”

沙金又用尖锐的声音大声地笑着。

“你生气了？好嘛，我不会那样对你的。”

“你可真是蛇蝎心肠啊。”

次郎皱着眉头，捡起脚下的一颗石子，向远处投去。

“可能我就是蛇蝎心肠吧。只是，爱上如此蛇蝎心肠的女人，也是你的命。你还不相信吗？那我不知道该怎么办了，你爱怎么想就怎么想吧。”沙金说完，盯着马路看了一会儿，突然将锐利的眼神转向次郎，嘴角掠过一丝冷笑，“你如果不相信的话，我教你一个好办法吧。”

“好办法？”

“嗯。”

女人将脸靠近次郎。淡淡的胭脂的清香，混着汗味，扑向次郎的鼻子。次郎感到身体内有种发痒似的剧烈的冲动，不由得将脸别了过去。

“我全都告诉他了。”

“告诉他什么了？”

“今晚，大家都去藤原判官府邸的事儿。”

次郎不敢相信自己的耳朵。压得他难受的官能上的刺激瞬间消失了，他只是不相信地回过头，茫然地看着女人的脸。

“你不用那么惊讶。这不是什么大事儿。”沙金稍微压低声音，用嘲笑的口吻说道，“我是这么说的：‘我的卧室，就在路面上的丝柏板栅栏旁边。昨晚栅栏外的，貌似是强盗吧。我听到五六个男人，商量着要去你那里，而且是今晚要去。因为我跟你相好我才告诉你的，如果不小心提防的话，今晚会很危险。所以说今晚，对方一定是有备而来。’他现在也去集结人了，肯定会来二三十个武士。”

“你为什么要管这种闲事？”次郎仿佛还未冷静下来，十分疑惑地窥探着沙金的眼睛。

“这可不是什么闲事。”沙金笑了笑，令人毛骨悚然，然后她用自己的左手静静地牵起次郎的右手，说道，“是为了你才这么做的。”

“为了我？”次郎说着，内心感到一阵恐惧。难道——

“你还不明白吗？不是让太郎去偷马吗？不管怎么说，他一个人肯定是敌不过对方的，再多加几个人不是更好吗？这样对你我都好。”

次郎的心情，像全身被水淋了一般。

“你要杀了我哥！”

沙金摆弄着扇子，毫不掩饰地点了点头。

“杀了他不好吗？”

“不是不好——你设圈套让他往里跳——”

“那你去杀啊？”

次郎感到，沙金的眼睛像野猫般尖锐地注视着自己。并且，那眼光中有一股骇人的力量，那力量，正逐渐吞噬着自己的意志。

“但是，那样做相当卑鄙。”

“卑鄙不也是没办法的事儿吗？”沙金扔掉扇子，静静地用两只手抓着次郎的右手，说道。

“那件事让哥哥一个人去做还好，可是现在要置那么多同伴于危险的境地——”说着，次郎就觉得完了，这个狡猾的女人，一定不会放过这么好的机会。

“一个人干比较好吗？为什么？”

次郎松开女人的手，站了起来。他的面色依然凝重，沉默着，在沙金面前来回踱步。

“如果杀了太郎都没关系的话，再杀几个同伙也没什么吧？”沙金抬头仰望着次郎的脸。一针见血地说道。

“那阿婆怎么办呢？”

“如果死了的话，到时候再说。”

次郎停下脚步，俯视着沙金的脸。女人眼中，轻蔑与爱欲交织在一起，像炭火一般燃烧着。

“只要是为了你，我谁都可以杀。”

这话里有某种如蝎子般直击人心的东西。次郎再次感到一股战栗。

“但是，哥哥——”

“我不是也放弃了母亲吗？”

说着，沙金的视线转向下方，紧绷的面部表情突然松弛下来，眼泪簌簌地落在被阳光烤热的沙子上。

“我已经对他说了——说出去的话，泼出去的水，也不可能收回了。他们如果知道实情的话，我——我会被同伙——会被太郎杀掉的。”

随着那断断续续的话音，次郎的心里涌上了一股绝望般的勇气。脸上已经失去血色的他，沉默地跪在地上，紧紧地抓着沙金那冰冷的双手。

两人在紧握的双手中，都感受到了对方那可怕的承诺。

五

掀起白布，走进家中的太郎，被眼前的一幕惊呆了——

一眼看去，不大的屋子里，通往厨房的一扇推拉门，斜着倒在简朴屏风上。估计是被门撞倒的点着蚊香的陶器被打翻在地，碎成两半。还没烧完的青松的叶子，与烧尽的灰一起落了一地。一个身材肥胖的十六七岁的卷发女下人，脸色很差，被灰从头浇了个遍。她被一个因喝酒而发胖的秃头老人抓着头发，身上穿的麻布单衣被弄得乱七八糟，袒胸露乳，脚还在吧嗒吧嗒地动着，像疯了似的，发出哀号。老人左手抓住女人的头发，右手将一个无盖的瓶子高举到半空中，要强行将瓶子里熏黑的液体，往女人嘴里灌。但是，那液体只是顺着那女子的脸，流进她的眼睛，流进她的鼻子，几乎没有进到她的嘴里。那老头儿似乎愈发恼怒，要强行把那女人的嘴巴张开。那女人像是要将那被抓住的头发都摇掉般，拼命地摇着头，一滴都没喝那液体。两人的手脚，时而扭打在一起，时而分开，从明亮的地方突然打到家中的暗处。太郎的眼里，已分不清谁是谁了。但是，这两人是谁，当然一看便知。

太郎急忙脱掉草鞋，跳进屋里，猛然抓住老头儿的右手，毫不费力地抢过老头儿手中的瓶子，带着怒气，大喝一声：“你们在干什么？”

老头儿像是顶撞太郎这突如其来的尖锐的呵斥似的，回答道：“倒是你小子在干什么？”

“我吗？我来干这个。”

太郎扔掉瓶子，将老头儿的左手从女人头发上拿开，抬起腿将老头儿踢倒在推拉门上。许是被这突如其来的救助吓到了，阿浓一时失了神，停顿了两三秒之后，看到老头儿被踢倒在地，如叩拜神佛一般跪在地上，双手合十，拼命向太郎磕头。她连杂乱的头发都来不及整理，便如脱兔般逃了出去，她光着脚，沿着房间边缘走到门口，掀起白布跑了出去。猪熊老头儿正要起身去追，被太郎再次一脚踢倒在灰中。此时，阿浓已经上气不接下气地跑到了枇杷树下，跌跌撞撞地向北跑去了。

“救命啊，要杀人了。”老头儿大声叫嚷着，没有了开始时的气势，踩到屏风上，打算往厨房后方逃去。太郎迅速伸长手臂，抓住他浅黄色上衣的衣领，将他拉回来。

“杀人啦，杀人啦，谁来救救我啊，杀父啊！”

“别乱喊了，谁要杀你了。”太郎用膝盖按住老头儿，大声嘲笑道。

但是与此同时，想杀死这老头儿的欲望，却难以抑制地涌上来了。要杀他自然毫不费力，只消一刀——刺向那红皮松弛的颈部，只消一刀，所有的事情就都结束了。刀锋刺穿脖颈，从刀柄上能感受到老头儿临终之前身体在地上的痛苦扭动，随着刀从脖颈上拔出，喷涌而出的鲜血带着腥味——太郎这样想象着，手不自觉地伸向腰刀的刀柄。

“别吓我，别吓我啊，你早就想杀我了！喂，有人吗？谁来救救我啊，救命啊，杀人啦，杀父啦！”猪熊老头儿似乎看穿了对方的内心，再次想要跳起身来。他一边反抗着，一边拼命大声呼喊着。

“你为什么要对阿浓做那种事？说说为什么吧，不说的话……”

“说，说，我说还不行吗？说了就不杀我了吧。”

“别废话，你说还是不说。”

“说，说，我说。但是，你能先放开我吗？你这样压着我，我喘不过气来张不开嘴。”

太郎像没有听到这句话似的，用充满杀气的声音急躁地重复着：“说还是不说？”

“说。”猪熊老头儿拼命挤出声音，还在挣扎着想要跳起来，“我说。我只是想让她喝下那瓶药而已。那个阿浓像个傻子似的，就是不喝。最终我才做了那般粗暴之事。只有这些……不，还有，准备那瓶药的，是老太婆，我不知道那药是从哪儿来的。”

“药？那一定是堕胎药了。就算她再怎么傻，你也不应该抓着她强迫她做不想做的事儿，你这个惨无人道的老头儿。”

“你看，你叫我说我才说的，可是说了你就更想杀我了。你这个杀人不眨眼的恶棍。”

“谁说要杀你了？”

“你要是不打算杀我的话，为什么要把你的手放在刀柄上？”老头儿仰着被汗水浸湿的秃头，抬起眼睛看着太郎，舔了舔嘴角的水泡，叫喊着。

要杀他的话，就趁现在了。太郎心中闪过这样的念头。他不由得用膝盖更用力地压住他，双手紧握刀柄，死死盯着老头儿的颈部看。仅存的几根白发，将他的后脑勺盖住了一半，在他那如鸟皮般的红色的褶皱皮肤上，两根肌腱不显眼地伸展着。看到这样的脖子，太郎竟不可思议地生出怜悯之心。

“杀人魔，杀人魔，你这个骗子，要杀父啊，要杀父啊！”

猪熊老头儿声嘶力竭地不断呼喊着，终于从太郎的膝盖下面跳起身来。他一起身，便立马把倒了的推拉门抓起来当作挡箭牌，眼珠子左右转动，东张西望地寻找逃出去的空隙。看着他那张整个肿起、被打坏了眼睛和鼻子的狡猾的脸，太郎非常后悔没有杀了他。他慢慢地将手离开刀柄，像是可怜他自己似的苦笑着，在就近的榻榻米上无奈地坐下。

“杀你的刀，我没有带来。”

“你要是杀了我的话，那就是在杀父。”

看到太郎的样子，猪熊老头儿松了口气，从推拉门后慢慢地探出脑袋来，小心翼翼地坐在太郎斜对面的榻榻米上。

“我杀你，怎么就变成杀父了？”太郎的眼睛望向窗外，像发泄似的说道。将天空切成四角的窗户中，能看到枇杷树的叶子受到太阳的光照，呈现出明暗不一的绿色，静静地聚集在无风的枝头。

“难道不是在杀父吗？——你问为什么？因为沙金是我的继女，而你是他的相好，难道不也相当于是我的孩子吗？”

“那么，将她强行占有的你，又是什么呢？畜生吗？还是人呢？”

老头儿注意到自己在刚才的争执中被撕破的袖子，用低沉的声音说道：“畜生也比杀父的人强。”

太郎歪着嘴，嘲笑道：“你还是这么能说会道啊。”

“什么叫能说会道？”猪熊老头儿突然用尖锐的目光恶狠狠地瞪着太郎，不久之后，又笑开了。

“那我倒要问问你了，你认我这个父亲吗？不，应该这么说，你能把我当作你的父亲吗？”

“你根本用不着问。”

“不能啊？”

“是的，不能。”

“那随你的便。你听好了，沙金是老太婆带来的孩子。但是，她不是我的孩子。所以，如果我要把老太婆带来的沙金当成我的孩子的话，那么沙金带来的你也应该把我当作你的父亲。可是，你却从来没把我当作你的父亲。不仅仅是没把我当作父亲，有时你还会对我非打即骂。那么你凭什么要求我把沙金当成自己的孩子？如果说，占有了沙金的我是畜生的话，那么想要杀死父亲的你，也同样是个畜生。”老头儿为自己的胜利大为得意，用满是褶皱的食指指着对方，眼里放着光，喋喋不休地说道，“怎么样，是我理亏，还是你理亏？这么点儿事儿你还是明白的吧。再说了，我和老太婆，在我还在左兵卫府当下人的时候就认识了。我不知道老太婆当时是怎么看我的，但是我那时候就喜欢她。”

太郎做梦也没想到，自己会在这样的场合下，听到这个酗酒、狡猾、粗鄙的老头儿诉说这样的往事。不，不如说自己以前甚至怀疑，这老头儿到底有没有人类的情感。爱人的猪熊老头儿和被爱的猪熊阿婆——郎感到自己的脸上浮现出一丝微笑。

“那时，我知道老太婆有男人。”

“那你不是招人烦吗？”

“不能说有男人就一定讨厌我呀。你如果要打断我的话，那我不说了。”猪熊老头儿一脸严肃地说着，马上挪动膝盖，朝太郎那边靠近，吞了口唾沫，继续说道，“不久之后，老太婆怀上了那男人的孩子。但这没什么，让我震惊的是，那孩子生下来没多久，老太婆就没了踪影。我到处打听，有人说她得疟疾死了，有人说她去了筑紫[①]。后来我问她，才知道她原来就在奈良坂[②]的熟人那儿小住了一阵子。她消失之后，我立马觉得这世间没意思了。所以，我喝酒赌博，最终受人诱惑，终于堕落做了强盗。偷了绫罗就穿绫罗，偷了织锦便穿织锦，脑海中想着的，只有老太婆。就这样过了十年，又过了十五年，终于我再次偶遇了老太婆——

已经完全跟太郎坐在一张榻榻米上的老头儿，说到这里，可能是因为情绪激动，一时间泪水浸湿脸颊，只是嘴巴动着，而不出声音。太郎抬起那只独眼，看着他那与平时判若两人的哭红的脸。

“与她重逢之时，老太婆已经不是从前的老太婆了。当然了，我

① 九州的古称，指筑前、筑后两国和包括丰国、肥国的九州北半部分；亦指整个九州。

② 位于现在奈良市北部与京都府交界处的坡道。

也不是从前的自己了。但是，从她带来的沙金身上我却能看到她年轻时的影子，仿佛从前的老太婆又回来了。所以，我是这么想的，如果跟老太婆就此别过的话，那么我也就再也见不到沙金了。如果不想跟沙金分开的话，那么只能和老太婆在一起了。好的，那么，就娶老太婆为妻吧——是，便有了猪熊的这么个贫穷的家庭……”

猪熊老头儿将哭泣的脸侧向太郎，带着哭声说道。一时间，之前没有注意到的酒臭味扑鼻而来。

“所以说，从之前到今天，我用生命去爱的，只有从前的老太婆一个人，也就是现在的沙金。但是你动不动就说我是畜生。难道你就这么恨我这个老头子吗？如果这么恨的话，那就索性杀了我吧。现在就在这儿杀了我吧。死在你手里我也没什么遗憾了。但是，你记住了，你杀了自己的父亲，你也是畜生。畜生杀畜生——多么有趣啊！”

随着眼泪变干，老头儿又说起之前那些骂人的话，拿他那满是褶皱的食指使劲指着太郎。

“畜生杀畜生。杀吧。你可真是个卑鄙的家伙啊。对了，我刚才给阿浓灌药的时候，你看着很是生气。看起来，让那个傻子怀孕的，就是你吧。你不是畜生的话，谁是畜生啊？”

老头儿说着，迅速退到那倒了的推拉门对面，说了一声“哎呀”，表示他要逃走了，发紫的脸上的五官，极其可憎地歪着。太郎对他过分的谩骂实在是忍无可忍，站起身来，手放在了刀柄上，但是又松开了，嘴唇忽然动了一下，突然朝对方的脸上吐了口唾沫。

“对你这样的畜生，就该吐唾沫。”

“你说我是畜生，你还是省省吧。沙金是你一个人的女人吗？她也是次郎的女人吧。这么说来，你不是偷了弟弟的女人吗？不是畜生是什么？”

对没杀老头儿这件事，太郎再次感到后悔。但是，他又害怕自己再起杀意。于是，他那只独眼中闪烁着怒火，沉默着踢了踢脚下，正要扬长而去。这时，猪熊老头儿再次举起食指，开始破口大骂。

“你不会以为我刚才说的话都是真的吧？那些全都是编的。我跟老太婆从前就认识是我编的，沙金长得像老太婆也是编的。你听好了，那些全都是假的。怎么，你想责怪我吗？你责怪也没用。我就是个撒谎精，我是畜生，我是一个差点儿被你杀死的，根本不配做人的人。”

老头儿说得口沫横飞，终于，说到口齿不清了。但是，那浑浊的双眼中竭尽全力地聚集着憎恶，他跺着脚，大喊着一些毫无意义的话。太郎被不堪忍受的厌恶之情席卷，掩着耳朵，匆匆离开了猪熊的家。外面，微微西斜的太阳照射着大地，空中依旧有几只燕子在飞舞。

“去哪儿呢？”

走到外面，太郎略微一歪头，才想起自己是为了见沙金才去猪熊家的。可是，现在该去哪儿才能见到沙金呢？他一点儿头绪都没有。

“好吧，暂且先去罗生门，等太阳落山再说吧。”

在他这决心里，当然，藏着几分能在那儿遇到沙金的渴望。沙金平时，在晚上做强盗时，喜欢把自己装扮成男子。男人的衣服和锻造的武器，都被她放在罗生门门楼上的皮箱里。——他下定决心，沿着小路朝南，大步流星地走去。

于是，他在三条向西拐，穿过耳敏川对面的河岸，一直走到四条——要走出四条大路时，太郎隔着一条街，看到了大路北面，立本寺的泥土墙下，边走边交谈的一对男女。

枯叶色的褂子和淡紫色的衣裙，两人的影子重叠，走过一条又一条小路，空气中回荡着两人爽朗的笑声。在让人眼花缭乱的燕群中，男子黑鞘里的腰刀在日光的照耀下，晃了一下太郎的眼睛，睁开眼时，二人已经消失在视线范围内了。

太郎的面部被愁云笼罩，不禁停在路边，痛苦地自言自语。

“所有人都是畜生。”

六

仲夏的晚上，转眼便到了亥时上刻的深夜。

月亮还未出现。目之所及，在沉重的黑暗中，京都的街道安静地沉睡着。加茂川的水面上，反射着点点星光，微微发亮。大路小路的十字路口，也终于都熄灭了灯光。无论是宫内，还是芒草地，又或是临街的店铺，在寂静的夜空下，所有物体的色彩和形状都变得模糊。只有宽广的平面，无限延伸。无论是右京[①]还是左京[②]，万籁俱寂，偶尔传入耳中的，只有斜对面的杜鹃的啼鸣。如果说人们能于其中见到一点儿熟悉的摇曳火光、听到些许声音的话，那不是被有香气的烟雾笼罩的寺院内部，在涂着金泥[③]和铜绿色花斑的孔雀明王的画像前，借着长明灯的光，前来闭居祈祷的人们；便是在四条五条桥下，借着夏夜焚烧垃圾和木屑的火光化缘的法师；抑或是夜夜出来威吓路上行人的朱雀门的古狐，在瓦上，在草间，点着一闪一闪的鬼火。但是，除此之外，北边的千本，南边的鸟羽街道，皆被埋在飘着蚊香的夜色里，微风就连河边的艾蒿都不曾惊动。夜，更深了。

这时，王城的北边，位于朱雀大道尽头的罗生门下，不合时宜的拉弓驱邪的声音，宛如蝙蝠扑扇翅膀一般，互相一问一答。或许是一个人，或许是三个人，或许是五个人，或许是八个人，穿着奇装异服，不知从何处一一走出来。透过模糊的星光望去，有的佩戴着腰刀，有的背着弓箭，有的举着斧头，有的拿着长矛，所有人的身上都带着称手的武器，穿着盖住小腿的草靴，麻利地到门前的石桥上集合列队——站在最前方的，正是太郎。紧接其后的，是仿佛

---

① 右京（因从皇居看位于右侧），以朱雀大道为界划分成东西的西侧，平安京的西半部。

② 左京（因从皇居看位于左侧），以朱雀大道为界划分成东西的东侧，平安京的东半部。

③ 将金粉用明胶溶液溶解而得的泥状物，用于日本画或涂饰器物。

忘了方才的争斗的猪熊老头儿，他威风凛凛地拿着长矛，刀光闪闪。再后面是次郎、猪熊阿婆，再离得稍远处，阿浓也在。被一群人围在中间的是沙金，她穿一件黑色褂子，佩带腰刀，身后背着箭袋，手里拄着弓。她环视了一下所有人，张开了艳丽的嘴。

“都给我听好了，今晚的任务，对手比以往任何时候都要强大。大家都要做好心理准备。前面的十五六个人，跟着太郎从后门进去，后面的人跟着我从外面包围。今晚最大的目标，是里屋马厩里的从陆奥国来的马。这匹马就交给太郎了。记住了吗？”

太郎沉默地望着星星，听到这里，歪着嘴点了点头。

“先跟大家说明一下，不能将女人和小孩作为人质。因为那样的话最后收场会很麻烦。那，人到齐了的话，我们准备行动了。”

说着，沙金举起弓，指挥大家行动。但是，回过头看到无精打采地站在那儿啃手指的阿浓，便又温柔地添了一句：“你就在这儿等着大家吧，用不了一两个时辰，大家就都回来了。”

阿浓像个孩子似的入迷地看着沙金的脸，静静地点了点头。

“那，大家开始行动吧。可别出什么岔子啊，多襄丸。”

猪熊老头儿夹着长矛，回头看了看旁边的同伴。穿着暗红色褂子的同伴，将大刀的护手弄出声响，说着“嗯”，便没再回话。而那位扛着斧头，剃了胡须的清爽男人，在旁边开了口：“你不要又被人影吓到了。”

此时，二十三个强盗，强忍着笑意，将沙金围在中间，像一团积雨云似的，聚集着一团杀气，向着朱雀大道进发。如同将沟里的泥水引入洼地一般混进黑暗里，转眼，便不知道他们走去哪里了。

月光下，背对着天空的罗生门那高高的脊瓦，寂静地俯视着大道，断断续续地传来忽近忽远的杜鹃的声音。一直站在第五级台阶上的阿浓，也不见了踪影。但是，不久，门楼上点着微弱灯光的一扇窗子打开了，里面露出一张女人的小脸，正眺望着远处的月亮。阿浓就这样俯视着越来越亮的京都的街道，感受着腹中胎儿的胎动，开心地笑着。

七

次郎对着两名武士和三条狗，挥舞着他那沾满鲜血的大刀，沿着小路向南走了两三条街。现在他无暇顾及沙金是否安好。武士们一伙，不留缝隙地拿刀砍着，狗也抬起毛发倒竖的背，不顾前后地猛扑上去。中途照进来的月光，使得道路稍微明亮了些，那亮度与大刀的亮度相近。次郎的四周，被人和犬围得严严实实，如果不突围出去，他将必死无疑。

要么将对方杀死，要么被对方所杀，二者必选其一。与此同时，他内心涌起超越常规的凶猛的勇气，正使得他力量倍增。他挡住对方砍过来的刀，将其反击回去，向一旁躲开正准备在脚下偷袭他的狗。这两个动作，他几乎是同时完成的。不仅如此，说时迟那时快，那被反击回去的大刀，又被对方杀了回来，同时，他还得提防着从后方咬过来的狗。这种情况下终究是要受伤的吧。透过明亮的月光看过去，一条红黑色的液体，浸着汗水，从他左鬓流下来。但是，面对死神威胁的次郎顾不上这点儿疼痛。只是，他苍白的额头上，秀丽的眉毛蹙成一团，像被人刺了一刀似的，头上的乌布软帽也掉了，身上的褂子也破了，只是胡乱地挥舞着手中的刀。

这样的状况不知道持续了多久。不久，一名举起大刀要砍下去的武士，突然将上半身向后仰，发出一声刺耳的哀号。原来是次郎的刀正好从他腹部斜方，砍到了他的腰上。切碎骨头的声音沉重地回响着，横着劈下来的刀光一闪而过，割破了黑暗的夜空。大刀在空中飞舞着，正好狠狠砍上了另一个从下往上挥刀而来的武士的手臂，武士向着来时的方向，逃走了。次郎对他紧追不放，正要拿刀砍他，这时，一条看门狗将身体像球一样蹦起，要去咬掉他手上的刀。

他向后一步，急忙躲开。在沾满血的刀下，他感到全身的肌肉泄了气般地松弛下来，目送着月黑之下逃走的对方离开。此时，他像刚从噩梦中醒来似的，才反应过来自己所在之处，正是立本寺的门前。

半个时辰之前，一群从外面袭击藤原判官府邸的强盗，被从中门两侧、车库内外射出来的意想不到的箭吓破了胆。走在最前面的真木岛的十郎，大腿被箭深深扎入，最终倒下了。以他为首，一时之间，有两三个人，要么脸被刺破，要么手臂被刺伤，都慌张地向后方望去。究竟有几个射手，自然是不清楚的。此时，带着彩色羽毛或白色羽毛的箭，伴着嘈杂的箭镞之声，又飞过来一阵。就连躲在后面的沙金，黑色袖子也被流箭斜着射穿。

“头儿受伤了。大家快射，快射，我们的箭，也都是装了箭镞[①]的。”关山的平六敲击着斧头的把手，这样骂着。人群中响起“哦”的回答，强盗们发出气势高昂的叫喊声。手握大刀手柄，已经退到后面的次郎，从平六的话里，听出一丝苛责，偷偷地从旁窥探沙金的脸色。沙金在这番骚乱中冷漠地伫立着，背对着月光，拄着弓，丝毫不掩饰嘴角的微笑，目不转睛地注视着纷飞的箭。

平六再次发出焦急的声音，从旁叫喊道：“为何要弃十郎于不顾。你们这些贪生怕死的人，为了躲避弓箭，竟眼睁睁地看着同伴被杀。”

大腿被刺穿的十郎，就是想站也站不起来。他以大刀作拐，像一只没了翅膀的乌鸦一般，挣扎着躲避飞过来的箭。次郎见状，感到一丝异样的战栗，不由得拔出了腰间的大刀。

察觉到这一切的平六，斜眼瞪着他，嘲笑般地放话：“你保住你自己的脑袋就行了。十郎不过是个小强盗，能替代他的人有很多。”

次郎从这话里感到一种讽刺性的轻蔑，咬了咬嘴唇，回给平六一个锐利的眼神。正在这时，一声震耳欲聋的号角作为信号，在

---

① 箭头，安装在箭的尖端的，射中时刺进去的部分。

纷飞的乱箭中，从门内跑出五六条尖耳獠牙的看门狗，发出骇人的犬吠。那些狗凶猛地冲了出来，先发制人地制止了从四面八方聚集过来打算救十郎的一伙强盗。那几条狗后面，跟着十几个武士，个个手中拿着家伙，争先恐后地挤出府外。前来支援的同伴自然是一个也没有，平六抡起斧头，一马当先。在刀光剑影中，听得一声不知是人还是犬发出的"啊"，平六一改当初的怯弱，重整旗鼓，猛然杀过来。沙金也将箭搭在弓上，仍旧笑着的脸上浮现出一股杀气，以路旁已经开始倒塌的泥土墙作掩护，摆出与对方交锋的架势。

最后，已分不清是敌是友，所有人都打作一团，疯了似的大叫着，围在倒地的十郎周围，聚精会神地打起架来。其中，看门狗发出尖锐的迫不及待想要吃人肉的声音。一时之间，看不出这场恶战的胜负。这时，一个原本在后门的同伴，身上沾满了汗水和泥土，好像负了两三处轻伤，伤口处还流着血，急匆匆地跑过来。他肩上背着的大刀刀刃崩了一块，如此来看，那边的战况估计也很惨烈。

"那边的人都撤回了。"那男人透过月光，来到沙金面前，大口喘着粗气说道，"毕竟，身担重任的太郎在门内被那帮家伙围住了。"

沙金和次郎，在昏暗的泥土墙的影子中，下意识地相互看了对方一眼。

"被围住了，然后呢？"

"不知道后来怎么样了。不过，看情况——说到底是太郎，肯定不会有什么大事的。"

次郎扭过脸去，从沙金旁边走开。不过，那个小强盗，自然是不会留意这些的。

"还有，老爷子和老太太，好像也都负了伤。这么看来，估计咱们有四五个人已经被杀死了。"

沙金点了点头，像是追着刚离去的次郎，冷酷地说道："那我们也撤吧。次郎，吹口哨吧。"

次郎所有的表情都凝固了一般，将左手的手指放进嘴里，吹了两声尖锐的口哨。这暗号，是只有他们的同伴能懂的“撤退”的意思。但是，强盗们听到了这口哨，却没有一点儿要往回撤的意思（实际上可能是由于被人和犬包围着，没有撤回的余地）。

口哨的声音，打破了闷热的夏夜的宁静，消失在了小路的那边。在那之后，人的叫喊声、犬吠声，还有武器的撞击声，一片骚动，仿佛刺动了遥远的星星。

沙金抬头看着月亮，闪电般迅速地动着眉毛。

“没办法了，那我们先回去吧。”

话音还未落，次郎像没听见这话似的，再次将手指放进嘴里打算吹暗号。正在这时，强盗们被牵制了左右，人和犬凶猛地从中间冲来，直向两人逼近。说时迟那时快，沙金的手中传来拉弓的声音，一支带着羽毛的箭，正好射中冲在最前面的一条白狗的腹部。那狗发出哀鸣，瞬间扑倒在地。一眨眼的工夫，黑色的血已经从它的腹部流到了地面的沙子上。然而，紧跟在狗后面的一个男子，丝毫没有被眼前的情形吓住，抡起大刀，就要从旁边向次郎砍去。次郎本能地举起手中的大刀来挡，一时间，刀刃相撞，发出清脆的声音，瞬间迸出火花。此时，借着月光，次郎从对方被汗水浸湿的红色胡须和被割破的桦樱衣服上，认出了他。

他眼前立刻浮现出下午立本寺门前的情景。与此同时，一股令人恐惧的疑惑向他袭来。沙金与这个男人合谋，不仅是要杀了哥哥，难道连我也要杀掉吗？在这千钧一发的时刻，次郎抱着这样的疑惑，眼前发黑，感到一阵愤怒。如脱兔般敏捷地从对方的大刀底下钻过，两手紧握大刀，奋然刺向对方的胸膛。不堪一击的对手迅速倒下，次郎穿着草鞋，狠狠地踩了踩对方的脸。

对方还热乎的血溅到他的手上，临死之前，对方还几次拼命地想咬住狠狠踩住自己的脸的草鞋。这无疑又刺激了他的复仇之心。但是，与此同时，他又感到一种难以名状的疲劳。如果周围的情况没有发生变化的话，他一定会在这里先休息个够。但是，就在他死死踩住对方的脸，将滴着血的大刀从对方胸口拔出来时，已经有几个武士从四面八方将他包围了。不，从后方悄悄靠近的男子手里的矛锋，已经对准了他的背。但是，那男子出其不意地晃到他的面前，用矛尖刺破次郎的衣袖的同时，突然脸朝下地扑在了地上。原来是一支羽毛箭风一般地射过来，深深地扎进了他的后脑勺。

之后的事情，连次郎也觉得像做梦一样。他在从前后左右砍过来的大刀中，发出像野兽般的咆哮，顾不上看对手是谁，只顾拼命厮杀。耳中所闻，是不知是人声还是犬吠的喧腾，其中时而出现沾满血和汗的人脸——除此之外，他的眼里看不到任何东西。唯有被留在后方的沙金，如刀上迸发出的火花般，不断地在他的心中闪现。但是，在危及生命的紧要关头，这种感觉瞬间便消失了。在那之后，刀声与气势高昂的呐喊声，如遮天蔽日的蝗虫扑扇翅膀的声音一般，在满是泥土墙的路上无休无止地沸腾起来。次郎在这番形势中，被两名武士和三条狗追着，拿着刀一边砍着，一边沿小路向南跑去。

但是，杀了对方一个人，又赶走了一个人，现在只剩三条狗，没什么好怕的，这不过是次郎的空想罢了。说是三条狗，可从体形来看，就算是牛，也不是这几个茶星白斑的良种的对手。那三条狗的嘴角，都沾满了人的鲜血，与之前一样，从左右方向他的脚下袭击。刚把其中一条的下巴踢回去，另一条就要跃上他的肩头。与此同时，还有一条狗的满嘴獠牙，就快要咬上次郎那拿着大刀的手了。然后，三条狗像打旋儿似的，在他的前后画圈。尾巴朝天高高翘起，像是嗅着地上沙子的气味一般，拿下巴贴着前腿，开始吠起来。刚刚杀了一个对手，稍微松了口气的次郎，被这看门狗固执的动作，激得愈发惹恼。

而且，他越着急，手里挥舞着的大刀就越是砍空，稍不留神，就有可能失去立足之处。趁他站不稳，狗喘着热气，片刻不停地逼近太郎。这样下去的话，只有最后一招了。他将伸出去的大刀收回来，趁机从紧盯着自己脚的狗的背上跨过去，借着月光，一个劲儿地跑开了。他怀着一线希望，心想等狗追累了，说不定就会有能逃走的机会。但这想法，就如溺水者抓救命稻草似的不切实际。狗见他跑了，齐刷刷地收起尾巴，后腿扬起沙子，排成一列对他穷追不舍。

但是，他这计划不单单只是失败了。其实，他这一跑，反而更将自己送入了虎口。次郎在立本寺的十字路口往西拐，往前跑了快两条街。突然，前方传来的声音将夜空的寂静打破，除了正在追自己的几条狗的声音，还有更多的犬吠，像雷鸣般传入他的耳朵里。它们将被月光照亮的小路堵住，如一团黑云般的狗群，东奔西窜，像是在争食。最终——几乎不到片刻的功夫，一条快速追赶次郎的大狗，像是集结朋友一般高声一吠。狂乱的犬群相互应答着，发出相互争抢的吠声，眼看着，便将次郎卷入带着腥味的毛发的旋涡中。深夜，在这小路上，一下子聚集了这么多条狗，原本就不是常有的事。次郎觉得，在这废都中为所欲为、饥肠辘辘的十几二十头凶猛的野兽，是被扔在这里的那得瘟疫的女人引来的。它们在这初更之夜找到了这个饵食，用牙齿，将那女人的肉和骨头撕成了碎片，争抢之中，来到了这里。

狗找到了新的食物，像被飓风吹来的闪电般，瞬间从四面八方向次郎奔来。一条健壮的黑狗，麻利地从大刀上方跳过，另一只没有尾巴像狐狸一样的狗，从后方掠过次郎的肩膀。次郎正觉那狗被血浸湿的胡须，凉飕飕地碰到了自己的脸颊，瞬间它那沾满沙子的腿毛就斜着抚过他的眉间，无论是拿刀砍还是拿剑刺，都无法将对方抓住。朝前看，或是朝后看，都只能看到那闪着蓝光的眼睛和那不断喘着粗气的大口。而且，那数不清的眼睛和大口，铺满了整条路，正朝着自己步步逼近。次郎转动着手中的大刀，突然想起猪熊阿婆的话："如果横竖都要死的话，那就咬咬牙死了算了。"他心里这样呼喊着，毫不犹豫地闭上双眼，感觉到将要咬断他喉咙的狗的呼吸正温暖地吹在他的脸上，不禁又睁开眼，横着挥动大刀。他不知道这个动作他重复了多少次。但是，可能是因为在不断的挥舞中手臂越来越没有力气，他每挥动一刀，手中的刀就更重一分。

现在，就连脚踏之处都非常危险。远远多于他的大刀所到之处的野狗，成群结队地从芒草原的那边，抑或是穿过泥土墙的窟窿跑过来。

次郎张开绝望的双眼，瞥了一眼天上那轮小小的月亮，两手架好大刀，哥哥和沙金，闪电般浮现在自己的眼前。打算杀兄的自己，现在要被狗吃掉，没有比这更甚的天谴了。想到这里，他的眼里不禁噙满泪水。但是，在此期间，狗也片刻未放松。刚才的一条看门狗，一摇晃长着茶星白斑的尾巴，次郎左边的大腿就突然被尖锐的牙齿咬住。

正在这时，月光下隐约可见的京城东西两侧的二十七条街上，远远地传来哒哒的马蹄声，盖住了喧闹的犬吠声，像风一般升上天空。

在这期间，只有阿浓，脸上浮现着宁静的微笑，站在罗生门下，远远地眺望着月亮。在东山之上，微微发白的空中，一弯寂寞的瘦月，正徐徐升上半空。随着弯月渐渐升上天空，那横跨加茂川的桥，在波光粼粼的河水上方，暗暗地显出面目。

不仅仅是加茂川。刚才还在黑暗中掩藏着死人气味的京都街道，瞬间镀上了一层冷光。现在像越国[①]人看到的海市蜃楼般，佛塔顶上的九层金属轮和寺院的屋顶闪着模糊的光，所有的风景都被包围在隐约的光影之中。街道周围的群山，大概是白天的余热又返回来了，山顶与朦胧的月色融为一体，每一座山峰，都像若有所思似的，在淡淡的云气中，静静地俯视着荒废的街道。淡淡的凌霄花的清香飘散着，门左右密密麻麻的草丛中，一簇簇花朵延展着藤蔓，缠绕在如今看来有些旧的门柱上，大概是想要爬上快要滑落的瓦片和蜘蛛

---

① 越国，高志国。日本北陆道地区（后来的越前、越中、越后地区）的旧称。海市蜃楼一般出现在富山湾。

结网的椽子[1]吧。

靠在窗子上的阿浓，张大了鼻孔，陶醉地吸着凌霄花的香味，想着亲切的次郎，还有腹中正在动着的希望能早日见到的胎儿，思绪从这儿飘到那儿，无止境地放飞着。她对自己的双亲全然没有印象。就连自己出生的地方，也都忘得一干二净。只记得自己幼时，在如这罗生门一般染着红漆的门下，被一个人抱着或是背着，带走了。当然，这记忆是真是假，也就不得而知了。总而言之，她记得的都是她懂事之后的事儿，净是那些忘了才好的事儿。有时，被街坊里的孩子欺负，从五条的桥上，向下面的河水倒挂着。有时，因为饿极了而去偷盗，结果被扒光了衣服挂在地藏堂的梁上。没想到被沙金救下，自然而然地也就入了这强盗的团伙。但是即便如此，过得很惨这一点，倒是和从前没有一点儿变化。就算是生性愚钝的她，心里仍然能感觉到苦。阿浓一旦不顺着猪熊阿婆的意，便会被极其残酷地暴打一顿。而猪熊老头儿，又经常像喝醉了似的刁难她。就连平常一向照顾她的沙金，一旦被别人惹怒，也会抓着她的头发，将她拖着满屋子转，更何况是其他的强盗，对她更是非打即骂。每次一受欺负，阿浓便会逃到这罗生门上来，一个人独自哭泣。要不是次郎也来了，有时会对她说几句安慰的话，她恐怕早就在这罗生门下轻生了吧。

像煤一样的东西，飘动着盖住了月亮，从脊瓦向窗外，朝暗黑的天空中升上去了。不用说，那是蝙蝠。阿浓在那片星空下抬起眼睛，入迷地凝视着稀疏的星星。这时，腹中的胎儿，又开始了一阵胎动。她立马集中注意力，去听那小家伙的活动。她的心里想要从这世间疾苦中逃离，拼命地挣扎着，而腹中的胎儿为了来尝这人间疾苦，在腹中折腾着。但是阿浓丝毫不考虑那些。她的心里充满了即将成

---

①椽，椽子。木造屋顶结构中，设置于脊檩到房檐的，用来支架屋面板和瓦片的细长木杆。

为母亲的喜悦，自己竟然也能成为母亲，这份喜悦，如方才凌霄花的香味一般，盛满了她的内心。

此时，她突然想到，腹中的胎儿是不是因为睡不着才动的。有时，因为睡不着，活动活动小手和小脚，或者哭一哭，都是有可能的。“我的乖宝宝，快快睡觉吧。再不睡天快要亮了哟。”她悄声对腹中的胎儿说。但是，腹中的动静像是想要停下来，却没那么容易停下来。而且，随着胎动，疼痛也在加剧。阿浓离开窗户，蹲在其下方，背对着三叉灯台那昏暗的灯光，一边安慰着腹中的胎儿，一边细声唱着：

> 我若有弃你之心，
> 对他人三心二意。
> 那么就会波浪翻滚，
> 越过末松山[1]，
> 越过末松山。

凭借着模糊的记忆唱出的歌声，随着灯火的摇曳，颤动着在寂静的门中断断续续地回荡着。唱的是次郎喜欢的歌。他只要喝醉了酒，必定会拿扇子打着节拍，闭着眼睛连哼好几次这首歌。沙金时常一边说着这音调好笑，一边拍着手笑。这歌，腹中的孩子必定也是喜欢的。

但是，这孩子究竟是不是次郎的种，谁也不知道。阿浓自己，唯独对这件事缄口不语。即便是强盗们故意刁难地盘问她，她也只是把双手抱在胸前，害羞似的低垂着眼，愈发执拗地不作声了。每每此时，她那弄脏了的脸上一定会泛起少女的红晕，睫毛上早已堆满了泪水。见此情形，强盗们对她愈发大肆嘲笑起来，说她是连肚

---

①末松山，陆奥国的一座山，位于今宫城县多贺城市附近。

子里的孩子是谁的都不知道的傻女人。但是阿浓心中坚信，这孩子就是次郎的。她理所当然地认为，现在寄居在自己肚子里的，是自己深爱的次郎的孩子。每次在这门楼上独自入眠，都必定会在梦里见到自己的次郎，如果他不是孩子的父亲，那谁是呢？——此时，阿浓正哼着歌，眼睛朝远处望去，完全没发觉自己被蚊子咬了一口，做着半梦半醒的梦。那是一个忘却了世间的痛苦，并且为世间的痛苦上了色的、美丽而又伤感的梦。（那不是一个不知眼泪为何物的人能做出来的梦）在梦里，一切的恶都从眼底拂去，消失了。但是，人世间的悲伤——就如洒满夜空的月光般，唯独这巨大的人世间的悲伤，仍孤独而威严地残存着。

那么就会波浪翻滚，
越过末松山，
越过末松山。

歌声如点燃的灯火般，越来越细，最终消失。与此同时，无力的呻吟声，像是要牵引着黑暗到来般，细微地传过来。那是因为阿浓唱到一半时，突然感到下腹一阵剧烈的疼痛。

袭击了后门的一伙强盗，被对方猛烈射击，又被从中门打过来的武士们打了个措手不及，武士们打了一个漂亮的反击。几位刚开始占了上风的强盗乱了分寸，纷纷败北——其中就有胆小的猪熊老头儿，比谁都跑得快，却不小心跑错了方向，一头冲进了一群挥刀的武士们正中间。无论是从他那因喝酒而发胖的体形，还是他那煞有介事地提矛的样子来看，他都完全不是对方的对手。见他跑过来，两三个武士交换了一下眼神，将刀锋对准一个方向，从前后向他步步逼近。

“且慢且慢，我是这家的下人。”万般无奈之下，猪熊老头儿慌张地喊道。

“别说谎了，你以为我是会被你欺骗的傻子吗？——你这个不死心的糟老头儿。”武士们嘴里一边骂着，一边举起手里的大刀要砍下去。事到如今，他想逃也逃不掉。猪熊老头儿的脸，渐渐变成了死人色。

“我没说谎啊，我没说谎啊。”他瞪大眼睛，频繁地环顾四周，焦急地寻找可以逃跑的地方。额头不停地冒冷汗，手也不住地抖。但是，环顾四周，寂静的月光下，只有这强盗和武士之间惨不忍睹的生死之战，激烈的武器碰撞的声音和高昂的叫喊声此起彼伏。

他知道自己无论如何也不可能逃出去了，眼睛直直地盯着对方，突然像变了个人似的，面露凶恶之色，露出牙齿，端起长矛，气势汹汹地骂道：“我就是撒谎了，怎么了？傻子，白痴，畜生！来啊！”

他说这话的同时，矛尖已迸出火花。其中一位强壮的、长着红痣的武士，先众人一步，从旁边砍过来。但是，年迈的老头儿根本就不是这武士的对手，两人交战还不到十个回合，老头儿便乱了枪法，不断地往后退。不一会儿，他退到了小路中间。武士举起手中的刀，伴随着一声怒吼，将他手中拿着的长矛的柄，从中间砍断了。紧接着又是一刀，从他的右肩头到胸部，斜着划了过来。猪熊老头儿一屁股坐在地上，眼珠子像是要飞出去似的睁大眼睛。

大概是太过恐惧和痛苦，他慌张地用手爬着后退，声音颤抖着大声叫喊道：“你们这不是暗算吗？你们暗算了我啊！救命啊，暗算啊！”

长着红痣的武士，从后方再次踮起脚，抡起沾满血的大刀。这时，要不是一个不知道从哪儿来的像猴子一样的影子，掀起麻单衣的下摆，在月色下跳入人群中的话，猪熊老头儿恐怕已经悲惨地死去了吧。那个猴子似的影子将老头儿与武士强行分开，一把小刀闪过，刺在武士胸部正下方。与此同时，自己却被武士横着砍过来的大刀砍中，发出一声可怕的惊叫，像踩在被烧热的火筷子上似的，飞起来，一把抱住武士的头。两人一起扑倒在地。

于是，两人开始了动物般的互相扭打。打，咬，揪头发。一时间，已经分不清谁是谁了。终于，那个猴子似的影子占据上风，小刀再次一闪，被按在身下的那男子，除了那颗红痣的颜色依旧不变之外，脸色完全变了。这时，压着他的对手估计也没了力气，仰面躺在他的身上，像是筋疲力尽了一般——此时，在微弱的月光下，那满是皱纹的、大口喘着粗气的、如癞蛤蟆般的猪熊阿婆的脸终于显现出来。

猪熊阿婆肩膀一上一下地喘着气，躺在武士的尸体上，抓着对方的发髻的左手依旧毫不放松。她连着发出几声痛苦的呻吟，先是狠狠地动了下白色的眼珠子，然后又勉强动了动干裂的嘴唇。

“老头子，老头子。”

微弱而怀念的声音，呼唤着自己的丈夫。但是，没有人对此做出回应。猪熊老头儿被猪熊阿婆救下的同时，便把武器什么的都扔了，在血泊中连滚带爬的，早就不知道跑到哪儿去了。当然，后方还有几个强盗，在小路的四处，挥舞着自己手里的武器，继续浴血奋战。但对于将死的老妇而言，所有人都如对方的武士一样，不过是个路人罢了。猪熊阿婆接着呼唤自己丈夫的名字，声音越来越小。每唤一次，都无人回应，从中体会到的寂寥，比身上所受的伤痛更甚。在逐渐失焦的眼中，周围的情景也越来越模糊。映入眼帘的，只有自己上方无限延展的天空，和那无边的天空中挂着的一弯细月。

“老头子。”

老妇吞了口带血的唾沫，低声唤着。喊着喊着，渐渐恍惚起来，最后失去了神志，恐怕，已经在这永远不会醒来的睡眠里，昏昏沉沉地睡过去了。

正在这时，太郎骑在一匹无鞍的栗毛马上，嘴里含着沾满鲜血的大刀，两手拉着缰绳，像风般飞过。不消说，这马正是沙金看上的那匹陆奥国的三岁良驹。强盗们将死人七零八落地留在小路上，扬长而去。月光下的小路，宛如降了霜般发白。他骑在马上，任由微风吹拂着他凌乱的头发，扬扬得意地回头眺望后面骚动的人群。

这也不是没有道理。他看到己方战败，下定决心即便什么都得不到，至少也要将这匹马抢过来。下定决心之后，他便不断挥舞着大刀，砍杀着挡在前方的武士，只身一人破门而入，毫不费力地踢开了马厩，将拴着马的缰绳割断，一刻不停地迅速跳上马背，抽了抽马匹，飞一般地跑开了。为此而受的伤，他根本无暇去顾及。他上衣的袖子被撕碎，乌布软帽开了线，破破烂烂的和服裙裤也被带腥味的血染红。即便如此，在刀光剑影中，他仍然是遇一杀一，遇二杀二，想起跑出来的过程中的事儿，他十分满意，毫无后悔。他回头望着，嘴角露出快活的微笑，昂首挺胸，策马而去。

他心里想着沙金，与此同时，还想着次郎。他对自己的软弱感到自责，在心中想象着沙金再次倾心于他的场景。除了自己，还有谁能在这种情况下将这匹马夺过来呢？对方占据人和与地利，如果是次郎来抢这匹马的话——他脑海里，瞬间浮现出弟弟倒在武士们大刀之下的情景。当然，这想象对他来说，并没有不快。倒不如说，他心里在暗暗祈盼着，这成为事实。如果不用自己动手就能杀了次郎的话，不仅他不用遭受良心的谴责，从结果来看，他也不用害怕沙金因弟弟的死而憎恨他。这么想着，他着实为自己的卑鄙感到羞愧，然后，用右手将嘴里衔着的大刀上的血拂去。

在他将那把擦干净了血的大刀插回刀鞘时，正好拐过十字路口，听到前方月光下，响起了二三十条狗的犬吠声。且在模糊中他看到一个黑色的人影，举着大刀，背对着将要倒塌的泥土墙。这时，马儿高嘶一声，抖了抖长长的鬃毛，四只马蹄扬起尘土，如疾风般载着太郎向那边跑去。

“是次郎吗？”

太郎忘我地尖叫着，双眉紧蹙，表情严峻地看着弟弟。次郎单手举着大刀，扭过头来看着哥哥。刹那间，两人同时感受到了对方瞳孔里掩藏着的可怕之物。但是，只是一刹那。马儿许是被大声吼叫的狗群吓着了，将头向空中高昂着，前脚画着大大的圆，比之前更迅速地跑开了。只留下一柱白色沙尘，在夜空中弥漫着。次郎身上受了伤，依然在野狗群中，呆然伫立着。

太郎——一时间，大惊失色的太郎的脸上，已经不见了刚才的微笑。他心中，一直有一个声音在小声对他说："快跑！快跑！"只要再往前走一刻、半刻，一切便都会结束了。他要做的事儿，他终究要做的事儿，狗代替他做了。"快跑，为什么不跑呢？"这声音一直在他耳边轻声呼唤着。是啊，无论如何都是一定要做的事儿，早做晚做又有什么区别呢？如果自己和弟弟身份互换的话，弟弟也一定会杀了自己的。"快跑，罗生门就在前方不远处。"太郎的独眼里带着发烧似的光，半无意识地踢着马腹。马儿的鬃毛和长尾随风摇曳着，马蹄猛烈地向前狂奔着。一条月光下的小路，像湍急的河水般向后方流去。

忽然，一个熟悉的词语，撬动了他的嘴唇——"弟弟"。是无法忘却的、有血缘之亲的"弟弟"。太郎双手紧握缰绳，变了脸色，咬紧牙关。在说出这个词之后，一切的道理都在他眼前消失了，沙金和弟弟只能取其一的想法荡然无存。"弟弟"这个词如闪电般击中了他的心。他既不看天，也不看路，更不看月亮，他眼中看见的，只有无边无际的夜，和如夜般深不见底的爱恨情仇。太郎如疯了一般，喊着弟弟的名字，将身子仰面朝上，一只手使劲拉着缰绳。转眼间，马头掉转了方向。栗毛马的嘴里溢出如雪般的泡沫，马蹄像要碎了一般猛烈敲打着大地。一瞬间之后，太郎惨然变暗的脸上，独眼闪着火光，快马加鞭地向来时的方向猛然跑去。

"次郎。"

快要靠近时，他这般呼唤道。在他心中狂吹的情感的风暴，随着这个词一起向外喷涌而出。那声音带着如打铁般的回响，尖锐地刺穿了次郎的耳朵。

次郎认出了马背上的哥哥。可是，那与平常见到的哥哥不同。不，与方才驾马而去的哥哥也不同。从哥哥那紧蹙严峻的眉间，从他那紧闭着的嘴、咬着下唇的牙齿，还有那与往常不同的发热的独眼中，次郎感受到一种近乎憎恶的爱，迄今为止他所不知的、不可思议的、熊熊燃烧着的爱。

“快坐上来，次郎。”

太郎骑着马，像陨石落地般冲进狗群，绕着小路转圈子，大声叫喊着。这本就是不能犹豫的情况。次郎闻声，立即将手里的大刀有多远扔多远，窥伺着追在他后面的狗们的空隙，身轻如燕地从马脖子的侧面跳上了马背。那一瞬间，太郎也伸出长臂，抓住弟弟的衣领，拼命将他向上拉。马头扭转了三次之后，次郎已经坐在了马背上，死死抱住哥哥的胸膛。

此时，一条嘴里沾满鲜血的黑狗忽然发出一声可怕的怒吼，扬起沙尘，朝着马正中人跨骑的地方跳去，尖锐的牙齿差点儿咬上了次郎的膝盖。正当这时，太郎抬起脚，剧烈地踢了下栗毛马的腹部。马儿发出一声嘶鸣，朝天摇了摇尾巴。狗掠过马儿的尾尖，一口咬空了次郎绑在腿上的布，倒地落入了一群混乱的野兽中。

但是，次郎如同做了一个美梦般，出神地观望着。他的眼里，既看不见天，也看不见地，只有他抱着的，哥哥的脸，有一半被月光照亮、紧紧注视着前方的哥哥的脸，温柔而威严。一种无边际的平静，正慢慢地填满他的心。离开母亲之后，多年没有感受到的无声却强有力的平静。

“哥哥。”

次郎此时，像是忘了自己还在马背上，他紧紧抱着哥哥，高兴地微笑着，将脸埋进哥哥的藏蓝色褂子，簌簌地流下眼泪。

半个时辰之后，两人骑马来到了没有人的朱雀大道。哥哥沉默着，弟弟也不说话。寂静的夜里，只听得马蹄的回响，两人的上空，是清凉的银河。

八

罗生门下，还未天明。从下方望去，沾着露水的脊瓦上，朱漆剥落的栏杆上，已经开始下落的月亮徘徊不定，仍旧挂在空中。但是门下，斜挑出来的高高的屋檐，挡住了月亮和夜风，闷热的黑暗被草丛中的蚊子叮咬着，如停滞般呆住不动。从藤原判官的府邸撤回来的一群强盗，在黑暗中围着微弱的松明的火光，三三两两，或立或躺，或蹲坐在圆柱底下，从刚才起，就一直忙碌地处理伤口。

里面负伤最重的，是猪熊老头儿。他身上盖着沙金的上衣，仰面躺在地上，眼睛半闭着，时而像受到了惊吓般，用沙哑的声音呻吟着。在这里是只待了一个时辰，还是从一年前开始就已经躺在这里了，他疲惫的心里已经分不清了。眼前出现的种种幻象，像是在嘲笑将死的他一般，不断地来了又走，走了又来。那幻象，与现在门下所发生之事，对他而言，完全混合交织成了一个世界里的事儿。他在昏迷中，不分时间地点地，将他这丑陋的一生，以一种正确的、超越理性的顺序，又活了一遍。

“喂，是老太婆吗？老太婆怎么了，老太婆？”

他被那从黑暗中来，又消失于黑暗中的恐怖的幻象吓到了，痛苦地扭动着身体，呻吟道。这时，正在一旁用汗衫的袖子帮他包扎额头伤口的交野的平六露出脸。

“阿婆吗？阿婆已经去极乐净土了。大概在那荷花上，焦急地等着你去呢。”

他这样说着，因自己所开的玩笑而哈哈大笑，回头看了看正在另一角给真木岛的十郎处理腿上伤口的沙金，说道：“头儿，老头子怕是不行了，看着他这么痛苦，我真是于心不忍啊。要不我给他一刀得了。”

沙金用艳丽的声音，笑着说道：“你可别开玩笑了，如果他迟早要死的话，那就让他自然死去好了。”

“也对，那就这么办吧。”

猪熊老头儿听到了这番对话，一种预料之中的恐惧席卷而来，身体像被冻住一般，心凉一地。然后，他发出了更大声的呻吟。与平六一样，杀敌时胆小的他，看到被敌人打得快死的同伴，也曾多次有过给他们痛快一刀的想法。这大多是从杀人的趣味，或者说是将自己的勇气展示给他人的目的，进化而来的残酷的行为。而如今——

这时，不知是谁，像是不知道他的痛苦似的，在这灯下，居然哼起了歌。

黄鼠狼吹笛，
猴子抚琴，
稻蝗打拍子，
蟋蟀敲钲鼓。

接着听到拿手拍蚊子的声音，其中还有打拍子的声音。两三个人像是在摇晃着肩膀，笑岔了气。猪熊老头儿浑身打着哆嗦，为了确认自己还活着，睁开沉重的眼睛，目不转睛地注视着灯的火苗。那灯光，在火焰周围画着无数的圈，攻击着执拗的夜，释放着虚无缥缈的光芒。飞来一只小小的金龟子，发出“噗”的声音，想要飞进那团火，结果被那火苗烧了翅膀，掉了下去。青草似的气味，扑鼻而来。

猪熊老头儿觉得，自己也会像那只虫子一样，不久之后必将死去。死了的话，终究是要被苍蝇吸血吃肉的。啊，我就要死了。我死了之后，同伴们唱着歌笑着，像什么都没发生似的喧闹着。想到这些，猪熊老头儿感到一股难以名状的愤怒和痛苦，浸入自己的骨髓。与此同时，一个像轱辘般不停旋转的东西，正迸出火花掉落在他面前。

“畜生，不是人。太郎，喂，真不是个东西。”从口齿不太伶俐的舌尖，这样的词，一个一个地蹦出来。

真木岛的十郎，像是腿上的伤已经不痛了般，悄悄地翻了个身，用口渴了似的声音，对沙金小声说道：“他好像很恨太郎啊。”

沙金皱着眉头，稍稍看了眼猪熊老头儿，点了点头。然后，一个与哼歌的声音相同的声音问道：“太郎怎么了？”

“大概是没有救他吧。”

“说是看到有人死了，谁死了啊？”

“我看到有五六个人被对方砍死了。”

“哎呀呀，阿弥陀佛，阿弥陀佛。”

“好像也没看见次郎呢。”

“这种事也是可能发生的。”

次郎已死，老太婆也不在这世上了。而自己，马上也将死去了。死。死，究竟是什么？无论如何，自己不想死。但是，终究是要死了。像虫子那般轻飘飘地死去。这毫无头绪的想法，如黑暗中嗡嗡叫着的蚊子般，从四面八方狠狠地刺向他的心房。猪熊老头儿感到，这无形的、恐怖的“死亡”，正耐心地从涂着朱漆的柱子那边，窥伺着自己的气息，残酷却又冷静地眺望着自己的痛苦。然后，它慢慢地移动，像逐渐消失的月光一般，靠近自己的枕边。无论如何，自己也不想死。

今夜何人同眠乎？
常陆阿介共枕兮。
睡中肌肤如凝脂，
男山枫叶不负名。

哼歌的声音，与像是被油打湿的呻吟声融为一体。不知是谁，在猪熊老头儿的枕边吐了口唾沫，这样说道：“没看到阿浓那个傻子。”

“是吗？那……”

“大概在上面睡着了吧。”

“上面不是有猫在叫吗？”

一时之间，万籁俱寂。与猪熊老头儿断断续续的呻吟声一起的，还有微弱的猫叫。微风第一次温暖地吹过柱间，带着凌霄花的香味，扑鼻而来。

“猫好像也变身了。”

“阿浓的对手，好像是一个猫变身而来的老糊涂。”

沙金发出衣服摩擦的声音，责备般地说道：“不是猫。你们谁，去看一下。”

交野的平六应声，将刀鞘顶在柱子上，站了起来。通往楼上的梯子，被分成二十几级，靠在柱子对面。一行人被一股没来由的不安困扰，一时间大家都闭口不言。这期间，只有带来凌霄花香味的风吹过。忽然，楼上传来平六的叫喊声。随后，从梯子上跑下来的焦急的脚步声，搅乱了沉重的黑暗——发生的不是小事。

“阿浓，生了。”

平六跑下楼梯，将旧衣服包着的一个圆乎乎的东西放在灯光下给众人看。带着女人的气味，有些脏的布里包着的，是一个刚出生的婴儿，与其说是人，倒不如说是一只被剥了皮的青蛙。大头看似沉重地动着，皱起丑陋的脸，大声啼哭着。无论是那细软的胎发，还是那小小的手指，那婴儿的一切，都同时勾起了所有人的厌恶和好奇心。

平六环顾左右，晃动着手里抱着的婴儿，得意扬扬地说道：“我走上去一看，阿浓倒在窗下，像死了一般，痛苦地呻吟着。虽说她是个傻子，但好歹也是个女人啊。我看她腹部好像在剧痛，走到她旁边一看，大吃一惊。像鱼肠一般倒出来的东西，在黑暗中啼哭着，我伸手去抓它，它竟微微抽动了一下。看它身上没长毛，所以不可能是猫。于是我用力地抓起它，放在月光下一看，这不是个刚出生的婴儿吗？再一看，他被蚊子咬得胸前、腹部都是包。阿浓，从现在起是母亲了啊。”

站在松明前的平六，身边围着十五六个强盗，站的站，躺的躺，所有人都伸长了脖子，像换了个人似的，面露温柔的微笑，守护着这个刚降生的、红色的、丑陋的肉块。婴儿一刻也不消停，动动手，动动脚，最后，将头向后方一扭，便又开始尖声啼哭起来。一哭，便能看到他张开的没有牙齿的小嘴。

“他有舌头啊。”

在前方哼着歌的男人，突然发狂似的叫着。听了他这话，一群人像忘记了伤痛似的，一齐大笑起来。

像是追着这笑声一般，此时，猪熊老头儿突然不知从哪儿来的最后一丝力气，从一群人的后方，用粗暴的声音说道：“把那孩子拿来给我看看。喂，把那孩子……不给我看吗？喂，真不是个东西。”

平六用脚踢了踢他的头，然后，用威胁般的语气说道：“你要看就给你看。不是个东西，说的是你自己吧。”

猪熊老头儿睁大浑浊的双眼，像要吃掉平六蹲下身子送到眼前来的婴儿似的，凝神注视着。看着看着，如蜡烛般发青的脸上，满是皱纹的眼角，堆满了如玉般的泪水。此时，他那颤抖着的嘴唇边上，竟浮现出不可思议的微笑，迄今为止从未有过的纯真的表情，将面部的肌肉舒展开来。而且，一向爱唠叨的他，此时只是这般笑着，并未说一句话。人们知道，这个老人，最终被“死神”带走了。但是，他微笑中的意味却无人能懂。

猪熊老头儿躺在那里，伸出手，静静地碰了下婴儿的手指。婴儿瞬间像被针扎了似的撕心裂肺地哭了起来。平六想骂他，但是忍住了。因为已经失去血色的、这位肥胖的老人的脸上，闪现出平生从未有过的不可侵犯的威严。在他的前方，沙金像是等待着什么似的，屏气凝神地凝视着养父的脸，同时也是情人的脸。但是，他仍旧没有开口。只是，他的脸上，洋溢着一种神秘的喜悦，像中途吹过来的明朗的风，静静地、爽快地浮现在他脸上。此时，他在这黑暗的夜晚的那边——他孤单地朝着人眼看不到的、遥远的天空走去，朝着冷冰冰的光亮走去，那里能看到不灭的黎明。

“这孩子——这孩子，是我的。”

他清楚地说出了这句话，然后再次触碰了婴儿的指尖，那双手，便无力地掉下去了。沙金在旁边静静地扶着那只手。十余个强盗像是没听到这句话似的，吞了口唾沫，一动不动地站在那里。沙金抬起头，抱着婴儿，看着站着的交野的平六的脸，点了点头。

“这不是咳痰的声音吗？”平六自言自语地嘟囔道。猪熊老头儿，在因怕黑而啼哭的婴儿的声音中，持续地痛苦着，像快熄灭的松明般，静静地断了气。

“老头儿，到头来还是死了。”

“这么一来，强奸阿浓的凶手也找到了。”

“尸体，就埋在那边的竹林里吧。”

“被乌鸦吃掉，也怪可怜的。”

强盗们的口中，冷冷地谈论着这件事。这时，远处传来一声鸡鸣，看来天快亮了。

“阿浓呢？”沙金问道。

“我把自己的衣服盖在她身上，看她睡着了下来的。看她那样子，应该没什么大碍。”

平六的回答，也反常地温柔。

其中，有两三个强盗，开始将猪熊老头儿的尸体往门外搬。外面依然很暗，拂晓的微弱月光下，萧条的竹林里，风吹动竹叶沙沙作响。凌霄花的香味，越发甘浓地飘浮在空中。偶尔传来的声音，大概是竹叶上滑落的露珠发出的吧。

“生死事大。”

“命在须臾。”

"他死后的脸比他生前的脸好看啊。"

"不管怎么说，这脸比之前像个人样了。"

强盗们说着，将满是血迹的猪熊老头儿的尸体，往竹子和凌霄花更深更密处搬去。

九

翌日，在猪熊的一户人家里，发现了一具被残忍杀害的女尸。是一个丰满的美丽女子，从伤势来看，大概是强烈地反抗过。可称之为证据的，是那女子口中衔着的枯叶色的褂子的袖子。

另外，不可思议的是，那家的婢女阿浓，在同一个地方，居然连轻伤都没有受。大概能知道的是，阿浓天性痴傻，其余的信息便很难得到了。

那晚，夜深了，阿浓突然睁开眼，听到沙金和太郎、次郎两兄弟，在高声争论着什么。她想去看看是怎么回事儿，却看到次郎突然抽出大刀，向沙金砍去。沙金喊着救命，正要逃跑，这次换太郎加了一刀。在那之后一段时间，只听到二人的咒骂声，以及沙金痛苦的呻吟。不久，女人断了气。两兄弟突然紧紧抱在一起，很长一段时间，沉默地哭泣着。阿浓从推拉门的缝隙看到了这一幕，却没有去救主人，完全是怕伤着怀里睡着的孩子。

"再说了，那里面叫次郎的那个，是这孩子的父亲。"阿浓突然红着脸，这样说道。

"之后，太郎和次郎到我屋里来，说来看我了。我把这孩子给他们看，次郎笑着摸了摸这孩子的头，但是他的眼里还是噙满了泪水。我还想让他们俩再看看孩子，但是两人忙着出去了。两人跳上拴在枇杷树上的马，不知去向了何方。马不是两匹。因为有月亮，我抱着孩子从窗前清楚地看到，两人骑着一匹马。在那之后，我没管主人的尸体，又爬上床去睡了。因为我见多了主人杀人的场景，所以那尸体对我来说，没什么可怕的。”

检非违史从阿浓嘴里了解了这些情况，然后，因为阿浓是无罪的，便马上被释放了。

十多年后，出家为尼、养育着孩子的阿浓，看到丹后国[1]长官的随从里，有一位出了名的骁勇善战的男子，阿浓对人说那就是太郎。的确，那男子脸上也有淡淡的痘印，且只有一只眼睛。

“要是是次郎的话，如果碰到了，我一定会马上飞奔过去的。但是那个人就算了吧，有点可怕……”阿浓故作娇态地说道。但是，那究竟是不是太郎，谁也不知道。只是，之后有传闻说，那男子也有个弟弟，且跟他在同一个主人手下做事。

① 日本古代令制国之一，位于现在京都北部。

蜘蛛丝

一

某日，释迦佛祖独自在极乐净土的莲花池畔悠闲散步。池中盛开的莲花洁白如玉，花心处金色的花蕊，吐露芬芳，花香四溢。极乐世界，正值清晨。

少顷，佛祖在池畔伫立，从水面上覆盖的荷叶缝隙里，窥探池下的景象。这极乐世界的莲花池下方，正是十八层地狱的最下一层，透过水晶般清澈的池水，可以清晰地看到冥河和刀山剑树，宛如透视镜一般。

这时，一个叫犍陀多的男人与其他罪人一起蠕动的景象，映入佛祖的眼帘。说起犍陀多其人，是个杀人放火无恶不作的大盗，但他也曾做过一件善事。话说这男子有一次行走在密林中，忽然看见一只蜘蛛向路边爬去。他立刻抬起脚想要踩死这只蜘蛛，可又转念一想："不可，不可，这蜘蛛虽小，到底也是一条生命，就这么胡乱将它踩死，怪可怜的。"于是他移开抬起的脚，放了它一条生路。

释迦佛祖望着地狱的情景，想起犍陀多放生蜘蛛的善举，觉得善有善报，应该把这男子从地狱里救出来。正巧，他往旁边一看，在翠绿色的荷叶上，有一只极乐世界的蜘蛛，在织着美丽的银丝。佛祖轻轻拈起一缕蜘蛛丝，从洁白如玉的白莲缝隙中，向遥远的地狱底层垂下。

二

在地狱底层的血池里，犍陀多正与其他的罪人一起载沉载浮。无论望向何处，都是黑黢黢的一片。黑暗中偶尔有东西悬浮上来，仔细一看，却是刀山上的刀闪过的光芒，让人看了胆战心惊。四周像墓地一般寂静无声，只是偶尔能听见罪人微弱的叹息。这是因为，坠入此层地狱的人们，大概都已受过多种折磨，早已疲惫不堪，连哭的力气都没有了。所以，即便是大盗犍陀多，也只能呛着血池里的血水，如濒临死亡的青蛙般，垂死挣扎罢了。

某一时刻，犍陀多偶然抬头，眺望血池上空，在那无尽的黑暗中，从遥远的天上垂下一根银色的蜘蛛丝，像要掩人耳目似的，一道细光直直垂到自己的头顶。见此情景，犍陀多不禁拍手暗喜。只要顺着这根蜘蛛丝一直往上爬，就一定能逃出这该死的地狱。不，如果顺利的话，说不定还能去往极乐世界呢。那样的话，就既不用上刀山，也不用下血池了。

想到这里，犍陀多立刻双手牢牢抓着蜘蛛丝，开始拼命往上爬。他原本就是江洋大盗，这点儿事儿对他来说是轻车熟路，干起来甚是得心应手。

可是，地狱和极乐净土之间，相隔何止几万里，无论他怎么着急，都没那么容易就爬上去。爬了一阵子，犍陀多终于筋疲力尽，一步也爬不动了。没办法，他只好先歇一会儿，悬挂在蜘蛛丝中央，远远地俯视着下方的景象。

这一看，发现总算没白爬，刚才还令自己深陷其中的血池，如今已消失在黑暗的谷底了；还有那隐约闪烁着光的恐怖的刀山，如今也已在他的脚下了。照此情形，爬出地狱可能也没那么难。犍陀多双手抓紧蜘蛛丝，大笑道："太好了，太好了。"自从他坠入这地狱以来，从未这样放声大笑过。可是，这时他才注意到，在蜘蛛丝的下方，有数不清的罪人，跟在自己身后，像一列蚂蚁，正拼命地往上爬呢。见此情景，犍陀多又惊又怕，好一会儿，像傻子似的张开大口，只有眼珠子在转动。这么细的蜘蛛丝，自己一个人上来都很可能断掉，怎么能承受得住那么多人的重量呢？万一中途蜘蛛丝断了，那么好不容易才爬到这里的自己，也只能掉回那十八层地狱中去。要真是那样，可就完了。就在他这么想的当儿，成百上千的罪人，正从黑黢黢的血池底端，缓缓蠕动着爬上这闪着光的细蛛丝，排成一列，一个劲儿地往上爬。若不当机立断，蜘蛛丝定会从中断成两截，自己势必也会跟着掉回地狱去。

于是，犍陀多大声唤道："喂，你们这帮罪人，这蜘蛛丝是我的，谁准你们爬上来的？快下去，快下去。"

就在这时，刚才还好好的蜘蛛丝，从犍陀多挂着的地方，噗的一声断了。这下有他受的了，转瞬间犍陀多犹如陀螺般逆风翻滚着，眼看着大头朝下，掉回那黑暗的深渊中去了。

只剩那来自极乐世界的蜘蛛丝，闪着微弱的细光，短短地悬在无星无月的半空中。

三

释迦佛祖站在莲花池畔，看完了事情的经过。看到犍陀多像石头一样沉入血池，佛祖面露悲悯之色，又开始踱起步来。犍陀多只想着自己逃出地狱，毫无慈悲之心，于是受到了相应的惩罚，又坠回原来的地狱。在佛祖看来，那大概既卑鄙又可怜吧。

然而极乐世界莲花池里的莲花，却丝毫不受此事影响。那洁白如玉的花朵，在释迦佛祖的足畔缓缓摇动着萼片，花心处金色的花蕊，吐露芬芳，花香四溢。极乐世界，已近晌午。

杜子春

一

一个春日的黄昏时分。

唐都洛阳的西门下，一个年轻人正望着天空发呆。

年轻人名唤杜子春，本是个富家子弟，如今家财散尽，十分落魄，连当日的生计都没有着落。

且说此时的洛阳，乃天下无双的繁华之都，车水马龙，川流不息。夕阳洒在城门上，流光溢彩。余晖中，老人头戴的软纱帽，土耳其女子佩戴的金耳环，白马身上装饰的彩色缰绳，不断地从面前穿过，那情景真是美如一幅画。

但是杜子春仍然将身子靠在门壁上，茫然地望着天空。天空中，云霞缥缈，一弯细月发出白光，淡如爪痕。

“天黑了，肚子也饿了，更让人头疼的是，无论去哪儿，都无栖身之所——与其这样活着，倒不如投河自尽算了。”

从方才起，杜子春便独自反复思索着这些没头绪的事儿。

这时，不知从哪儿蹦出一位独眼老人，忽然停在他的跟前。在夕阳的余晖下，老人的身影长长地映在城门上。

“你在想些什么？”老人目不转睛地看着杜子春，傲慢地问道。

“我吗？我今晚无容身之所，正发愁该如何是好呢。”老人问得太突然，杜子春低着眼，想都没想便如实答道。

“是吗？那可真是怪可怜的。”老人一时沉默不语，似乎在思考些什么，不久，他指着照在大路上的夕阳余晖，说道，“那我教你一个好办法吧。现在你去站在夕阳下，你的影子会映在地面上，到了半夜，你去挖开你的影子头部所在的地面，那里必定会有满满一车黄金。”

“此话当真？”

杜子春大吃一惊，抬起了低垂的双眼。然而，更让人不可思议的是，那老人已不知去向，消失得无影无踪。这时，空中的月亮比之前更加皎洁，在人头攒动的街道上空，已有两三只性急的蝙蝠在翩翩起舞。

二

杜子春一夜之间，摇身一变成了洛阳城中首屈一指的大富豪。那位老人说得没错，他记住了夕阳投影下头部所在的位置，到了半夜悄悄地挖下去，果然挖出了一堆黄金，多到连一辆大马车都装不下。

成为富豪的杜子春立马买下一座豪宅，过起了不逊于玄宗皇帝的奢侈生活。饮兰陵美酒，食桂州龙眼，养好几只白色孔雀，收集美玉，穿戴织锦，用香木造车，以象牙制椅，其奢侈之程度，永远也说不完。

听说他发了财，以前在路上遇到了连招呼都不打的朋友们，现在都纷纷登门拜访，朝夕不离。杜子春府上整日门庭若市，不出半年，洛阳城内知名的才子佳人，便都成了杜府的座上宾。杜子春对这些宾客，每日以美酒相待。酒宴之丰盛，实在无法用语言来形容。简单说来，便是如下这番景象：杜子春用金杯饮西洋的葡萄酒，观赏从天竺来的魔术师的吞刀表演，其周围围绕着二十个侍女，十人头戴翡翠莲花发簪，十人头戴玛瑙牡丹发簪，抚琴吹笛，莺歌燕舞，好不热闹。

可是，无论多么有钱的富豪，钱财也总有花完的一天。不出一两年，穷奢极侈的杜子春，便渐渐贫困起来。人都是薄情之物，昨日还门庭若市的府上，马上便门可罗雀了，朋友们从他门前过，甚至连招呼都不打。到了第三年的春天，杜子春便又和以前一样，身无分文了。广阔的洛阳城内，再没有人肯收留他一晚。别说是收留他一晚，连赏口茶给他喝的人都没有。

一日黄昏，他又去洛阳城的西门下，望着天空发呆，走投无路。果然，之前那位独眼老人，又出现在他面前。同上次一样，问道："你在想些什么？"

杜子春见了老人，羞愧地低下了头，一时间沉默不答。但是，老人同上次一样亲切地说了相同的话，于是杜子春也诚惶诚恐地答道："我今晚无容身之所，正发愁该如何是好。"

"是吗？那可真是怪可怜的。那我教你一个好办法吧。现在你去站在夕阳下，你的影子会映在地面上，到了半夜，你去挖开你的影子胸脯所在的地面，那里必定会有满满一车黄金。"

话音刚落，老人又如同上次一样，在人群中消失得无影无踪了。

一夜之后，杜子春便又变回了天下首富。同上次一样，他又开始了极尽奢侈的生活。庭院里盛开的牡丹花，花丛中沉睡的白孔雀，表演吞刀把戏的天竺魔术师——一切都与从前无异。

所以，那满满一车的黄金，不到三年，便又挥霍完了。

三

"你在想些什么？"

独眼老人第三次出现在杜子春面前，问了同样的问题。不用说，此时的他又站在洛阳城的西门下，望着冲破云霞的一弯新月发呆。

"我吗？我今晚无容身之所，正发愁该如何是好呢。"

"是吗？那可真是怪可怜的。那我教你一个好办法吧。现在你去站在夕阳下，你的影子会映在地面上，到了半夜，你去挖开你的影子腹部所在的地面，那里必定会有满满一车的——”

老人说到这里，杜子春忙抬起手来，打断了他的话：“不，我不要钱。”

“不要钱？看来你终于也厌倦了奢侈啊。”老人注视着杜子春的脸，面露担心的神色。

“不，我不是厌倦了奢侈，而是厌恶人。”杜子春一脸不满，无情地说道。

“这就有意思了，为何厌恶起人来了呢？”

“世人皆薄情。我有钱的时候，他们对我阿谀奉承。一旦我没钱了，连个好脸都不给。一想到这些，我便觉得再当一次富翁也没意思。”

听罢杜子春的话，老人突然暗自笑了起来。

“是吗？你不像是个未经世故的年轻人，倒是很懂道理，令人佩服啊。那么接下来你打算安稳地过穷日子吗？”

杜子春稍稍犹豫了一下，但是，不一会儿便下定决心抬起眼来，诉说道：“这个我眼下还做不到。所以我想拜您为师，修习仙术。别，您不要瞒我。您是一位德行高尚的仙人吧。若非仙人，不可能一夜之间把我变成天下首富。恳请您收我为徒，教我神奇的仙术吧。”

老人眉头紧锁，沉默不语，像是在思考什么事情。少顷，老人莞尔一笑，爽快地答应道：“不错，我的确是居住在峨眉山上的仙人，名曰铁冠子。刚见到你时，便觉得你悟性好，所以两次都让你成为大富豪。既然你这么想修仙的话，我就收你为徒吧。”

杜子春喜出望外。老人还没说完，他便跪在地上，对铁冠子一连磕了好几个头。

“不，你不必谢我。即便你成了我的徒弟，但是能否得道成仙全在你自己。——总之，你先跟我来峨眉山里看看吧。啊，正好这里有根竹杖。快骑上来，我们要一起飞上天了。”

铁冠子拾起一根青竹，嘴里念着咒语，与杜子春一起，骑马似的跨上了那根竹杖。然后神奇的事情发生了，竹杖突然像龙一样飞上天空，划过春日黄昏的明亮天空，朝着峨眉山方向飞去。

杜子春差点儿吓破了胆，战战兢兢地朝下方看。然而，夕阳的余晖中，身下只见连绵的青山，那洛阳城的西门，却怎么也找不到了（恐怕是被云霞遮住了）。这时，铁冠子任凭大风吹起白色的鬓发，放声高歌道：

朝游北海暮苍梧，
袖里青蛇胆气粗。
三醉岳阳人不识，
朗吟飞过洞庭湖。

四

两人骑着青竹，不一会儿，便落在峨眉山上。

一块面临深谷，体积巨大的磐石，高耸入云。悬挂在半空中的北斗星，如茶碗那么大，闪闪发亮。原本就是人迹罕至的山，四周万籁俱寂，耳中唯一能听到的声音，便是身后峭壁上弯曲的松树，被夜风吹得沙沙作响的声音。

两人来到岩石之上，铁冠子命杜子春坐于峭壁之下，说道：“我现在要去天宫拜见西王母，你且坐在这里等我回来。我不在的时候，可能会有妖魔出来诓骗你，无论发生什么事儿，都一定不要出声。要知道，一旦你开口，就再也无法成仙了。记住了吗？哪怕天崩地裂，也一定不要开口。”

“您放心吧，我一定不会出声的。哪怕没了命，我也绝不开口。”

“好的，听你这么说，我就放心了。那我去去就回。”

老人向杜子春告过别，又骑上竹杖，一溜烟地消失在夜色中如刀削的群山之中。

杜子春独自坐在岩石上，静静地眺望星空。半个时辰之后，深山里的寒气浸透薄衣，令他脊背发凉。忽闻空中响起一声呵斥：“何人在此！”

杜子春谨记仙人的教诲，默不作声。

但是没过一会儿，又响起同样的声音，严厉地恐吓道：“你若再不作答，我立刻取你性命。”

当然，杜子春依旧沉默不语。

这时，不知从哪儿跑出来一只老虎，目光炯炯，忽然跃上岩石，虎视眈眈地瞪着杜子春，高声咆哮。不仅如此，与此同时，头顶上的松树枝，开始剧烈地摇晃，沙沙作响。身后峭壁的顶上，一条足有四斗酒桶那么粗的白蛇，吐着火焰般的红舌，眼见着朝杜子春爬来。

但是杜子春仍然正襟危坐，连眉毛都没有动一下。

老虎和蛇，盯上了同一个饵食，一时间互相瞪视，窥伺不动。突然，双方几乎同时扑向杜子春。是死于老虎的獠牙之下，还是被蛇吞噬，杜子春命悬一线。正在这时，老虎和蛇如云雾般，同风一起消失在夜色里。身后，唯有峭壁上的松树，同之前一样摇晃着枝丫，沙沙作响。杜子春松了一口气，等待着接下来将会发生的事儿。

此时突然刮起一阵狂风，黑云如墨般笼罩着四周，淡紫色的闪电倏地将夜空劈成两半，响起骇人的雷声，震耳欲聋。不，不只是雷，随之而来的，还有如瀑布般的倾泻而下的暴雨。在这异常的天象变化之下，杜子春毫不惧怕，坐在那里纹丝不动。风声，雨花，还有不绝于耳的电闪雷鸣——一时间甚至有将这峨眉山掀倒之势。在一声震耳欲聋的巨大雷鸣之后，在翻滚的黑云中忽然出现一道鲜红的火柱，眼看着就要朝杜子春的头顶砸下去。

杜子春不由得捂住耳朵，匍匐在岩石上。但是，待他睁眼一看，天空已经恢复了从前的晴朗，对面高耸入云的山上，仍悬挂着如茶碗般大小的北斗星，闪闪发亮。可见，方才的狂风骤雨，一如那猛虎白蛇，都是些妖魔鬼怪趁铁冠子不在，玩的小把戏。杜子春终于放下心来，擦了擦额上的冷汗，又在岩石上坐直了身子。

但是，还没等他喘口气，这回，一个穿着金色铠甲，身长三丈的威严天将，出现在他面前。天将手持三叉戟，将戟尖朝着杜子春的胸膛刺过去，怒目呵斥道："喂，你究竟是何人？自盘古开天辟地以来，这峨眉山就是我的住所。你胆敢擅自闯山，想必并非常人。若想保命，速速回答。"

但是，杜子春仍遵照老人的吩咐，缄口不言。

"竟敢不答？——不答是吧。好，那就由你。我的天兵天将会将你剁成肉酱的。"

天将高高举起三叉戟，朝对面山上的天空招了招手。霎时，无数的天兵天将冲破黑暗，如云般布满整片天空，皆手持闪光锃亮的刀枪，排山倒海般朝杜子春攻过来。

见此景象，杜子春险些吓得叫出了声。但他立马想起铁冠子的教诲，拼命忍住，没有出声。神将见他并不畏惧，怒不可遏。

"如此顽固。你若不作答，我说到做到，取你性命。"

天将话音刚落，三叉戟刃光闪过，一把刺穿了杜子春的胸膛。随后，天将高声大笑，那笑声像是要把这峨眉山震碎。当然，那无数的天兵天将，也同风声一起，如梦般消失得无影无踪了。

北斗星的寒光又重新洒在岩石上。峭壁上的松树，又如同之前一般沙沙作响。但是杜子春已经气绝身亡，仰面躺在岩石上。

五

杜子春的身体，仰面倒在岩石上，他的灵魂，却静悄悄地脱离了身体，去往了地狱深处。

现世与地狱之间，有一条通道，叫作暗穴道。这条道路常年昏暗，寒风刺骨。杜子春被风吹着，如树叶一般飘摇。不久，飘到一座悬挂“森罗殿”牌匾的华丽殿宇前。

殿前一大堆小鬼，一见杜子春，就将其团团围住，将他强按在台阶前。台阶上坐一大王，身穿黑袍，头戴金冠，威严地睥睨着四周。这想必就是传说中的阎王爷吧。杜子春诚惶诚恐地跪在地上，不知会把自己怎么样。

“你为何坐在峨眉山上？”

台阶上传来阎王爷如雷鸣般的声音。杜子春正准备回阎王爷的话，脑海里马上又响起铁冠子的那句“绝对不可以开口”。于是低下头，像哑巴一样缄口不言。阎王爷立马抄起手中的笏板，气得须眉倒立，盛气凌人地斥责道：“你以为这里是什么地方？速速回答为上，否则，我让你尝尝地狱的酷刑。”

然而，杜子春依然连嘴唇都没有动一下。阎王爷见状，转头向众小鬼粗暴地吩咐了些什么。众小鬼马上领命，一把拎起杜子春，飞向森罗殿上空。

众所周知，黑暗的地狱里除了刀山和血池之外，还有火焰之谷的炎热地狱和冰海中的极寒地狱。众小鬼依次将杜子春抛进各类地狱中。于是，杜子春悲惨地被剑穿心，被火焰烧脸，被拔舌，被剥皮，被铁杵捣，被扔进油锅里煎，被毒蛇吸脑髓，被雄鹰啄眼睛——总之，他尝遍了极刑，受到的折磨数不胜数。即便如此，杜子春仍然强忍着，咬紧牙一句话也没说。

对此，众小鬼也都目瞪口呆。他们只好再次带他飞上天，回到森罗殿前，像之前一样将杜子春按在台阶上，齐声对殿上的阎王爷禀道：“这个罪人丝毫没有要开口说话的意思。”

阎王爷眉头紧蹙，沉思片刻，过了一会儿，好似想起了什么，对身边的一名小鬼吩咐道：“这名男人的父母现已堕入畜生道，速去将它们带来。”

小鬼忽然乘风而去，飞上了地狱的天空。转眼，又如流星划过般，驱赶着两头畜生，降落在森罗殿前。看着这两头畜生，杜子春惊呆了。那两匹寒碜的瘦马，面孔却是做梦也忘不了的双亲的模样。

“你为何坐在峨眉山上？这次你若再不如实招来，就叫你的父母尝尝痛苦的滋味。”

即便被如此恐吓，杜子春仍闭口不答。

“你这个不孝子。就算眼看着父母受苦，只要你自己没事就行了是吗？”

阎王爷用骇人的声音叫喊着，像是要把这森罗殿震碎。

“小鬼们，给我打！给我把这两头畜生，打个肉烂骨碎！”

小鬼们齐声应道：“是！”便抄起铁鞭，毫不留情地朝着两匹瘦马狠狠地抽过去。铁鞭带着嘶嘶的风声，像雨点似的落于两匹马全身，把马打得皮开肉绽。那两匹马——投胎成畜生的父母，痛苦地扭转着身子，眼里噙满了血泪，哀声嘶鸣，惨不忍睹。

“如何，你还是不说吗？”

阎王爷命众小鬼暂时停下手中的铁鞭，再次催促杜子春回答。此时，那两匹马已经皮开肉绽，奄奄一息地倒在台阶前。

杜子春想着铁冠子的话，拼命紧闭着双眼。这时，他的耳边传来一丝微弱的、若有似无的声音：“不用担心我们。只要你过得好，我们怎么样都无所谓。无论大王说什么，只要你不想说，就别说。”

那确实是久违的母亲的声音。杜子春不由得睁开了双眼。一匹马有气无力地倒在地上，深深凝视着他的脸，那神情好不悲伤。母亲即便在此等痛苦中，仍然眷恋着儿子，在她眼里，丝毫没有被鬼卒鞭打的怨气。比起嫌贫爱富的世人，这份爱子之心是多么难能可贵啊！她的意志又是多么坚强啊！杜子春忘记了老人的劝诫，蹒跚奔至母亲身边，双手抱着奄奄一息的马儿的脖子，泪水簌簌地滚下脸颊，叫了一声“娘”……

六

因这一声叫喊，杜子春回过神来。他发现自己依然沐浴着夕阳的余晖，在洛阳城的西门下，呆呆伫立着。云雾缥缈的天空，皎洁的月牙，还有川流不息的车马——一切都与去峨眉山之前无异。

“如何？即便你做了我的弟子，也成不了仙吧。”独眼老人含笑说道。

“成不了。虽成不了，但我反而更高兴。”杜子春仍泪眼婆娑，不禁握住了老人的手，“即便能成仙，在那地狱的森罗殿前，眼见着自己的父母受鞭刑，我也做不到一声不吭。”

“如果你还是一声不吭的话——”铁冠子的神情突然严肃起来，紧紧注视着杜子春，“如果你还是一声不吭，我当即便会取你性命。你现在已经不想成仙了，而成为大富豪，你也早已没有兴趣。那么，今后，你打算做什么呢？”

“无论做什么，我都想正直地生活，活得像个人样。”

杜子春的声音里透露着一股从未有过的明朗。

“不要忘了你刚才说的话。那么今日一别，我们就不复相见了。”

铁冠子说着，正要迈步走，突然又停住脚步，回头望着杜子春，愉快地加上这么一句：“哦，我刚想起来。我在泰山南麓有间房子。我将那房子连同周围的田地一同赠予你，你快去居住吧。这时，那屋子周围，想必正桃花烂漫吧。”

某傻子的一生

久米正雄君：

这篇稿子是否发表，发表的时间与刊物，我也全部交由你来决定。

这篇稿子里出现的人物你应该都知道吧。但是在发表之际，希望你不要加上注解。

我如今生活在最不幸的幸福之中。但是你可能不相信，我全然不后悔。我只是可怜我身边的人，有我这样的恶夫、恶子、恶父。再见了。至少在这篇稿子里，我有意识地不为自己做任何辩解。

最后，我之所以把这篇稿件托付于你，是因为我觉得你恐怕是最了解我的人了（剥开我这张城里人的皮）。我用这篇文章里所表现出来的傻子气，博君一笑。

昭和二年[①]六月二十日

芥川龙之介

---

① 芥川龙之介于这一年（1927年7月24日）自杀。

一、时代

那是在一家书店的二楼，二十岁的他站在靠在书架上的西式梯子上，找寻着新出版的书籍。莫泊桑、波德莱尔[①]、斯特林堡、易卜生、萧伯纳、托尔斯泰……

天快黑了，可是他仍兴致勃勃地读着书脊上的文字。书架上陈列的，与其说是书籍，倒不如说是世纪末本身。尼采、魏尔伦、龚古尔兄弟、陀思妥耶夫斯基、霍普特曼、福楼拜……

他与昏暗做斗争，数着他们的名字。可是，书籍自然而然地沉入阴郁的暗影中。他的意志终于被消磨殆尽，从西式梯子上下来了。这时，悬挂在他头顶上方的没有灯罩的灯泡，突然亮了起来。他便立在梯子上，俯视着在书籍间活动的店员和顾客。他们看起来异常渺小，而且寒碜可怜。

“人生还不如一行波德莱尔。”

许久，他站在梯子上环视着这些人……

二、母亲

疯子们都清一色地穿着灰色的衣服。因此，空荡荡的屋子，更加显得阴郁。其中一人对着风琴，热情地弹奏着赞美歌。另一人站在房间正中央，与其说是在跳舞，倒不如说是在乱蹦着。

他与一位红光满面的医生一起，望着这画面。他的母亲[②]十年前

---

① 波德莱尔（1821—1867），法国诗人，其诗集《恶之花》兼具浪漫主义、象征主义和现实主义的特征。

② 芥川龙之介的生母，在他几个月大时突发精神病，于明治三十五年（1902 年），芥川十岁时去世。

也与这群人无异。他从这些人身上，感受到了母亲的气息。

“我们走吧？”

医生走在他的前面，沿着走廊走进一个房间。房间一隅，盛满酒精的大玻璃瓶里装着几副脑髓。他在其中一副脑髓上发现了点略微发白的东西，像是滴上了几滴蛋清。他站着与医生交谈，再次想起了自己的母亲。

“这副脑髓的主人是 ×× 电灯公司的技师。他一直认为自己是一台乌黑锃亮的发电机。”

他眺望着玻璃窗外，以逃避医生的目光。窗外，除了一堵插着玻璃瓶碎片的砖墙以外，什么也没有。墙上长出一层薄薄的苔藓，斑驳得泛着白色。

三、家

他住在郊外[1]的一个二楼的房间里。由于地基松软，房子有些倾斜。

他的姨母一去二楼就跟他吵架，他的养父母也多次劝说。但是，他感觉他的这位姨母最爱他。姨母终身未嫁，在他二十岁时，她已经快六十岁了。

他在郊外的二楼上反复思索：是否相爱的人就要互相伤害？每每此时，他都能感受到二楼那可怖的倾斜。

---

① 芥川一家，于明治四十三年（1910 年）移居至龙之介生父位于新原氏牧场的新原氏的家中。

四、东京

隅田川[①]阴沉沉的。他坐在行进的小汽船上，眺望着窗外向岛[②]的樱花。在他眼里，盛开的樱花仿佛一排破布般忧郁。但是，他从那排樱花里——江户以来的向岛樱花中，看到了他自己的影子。

五、自我

他与一位前辈[③]一起，坐在咖啡厅的桌前，不断地抽着烟。他不怎么开口讲话，却饶有兴致地听着前辈的话。

“我今天坐了半天汽车。”

“去办什么事儿吗？”

前辈用手托着腮，漫不经心地答道：“没什么事儿，只是想坐车而已。”

这句话使他得到解放，将他带至一个他不知道的世界——一个接近诸神的“自我”的世界。他感到一种莫名的痛楚，但同时，又感受到欢愉。

那咖啡厅极小。但在牧羊神的画框下，赭色花盆里种着一棵橡树，肥厚的叶子向下垂着。

---

① 流经东京都东部的河流。

② 日本地名，位于东京都墨田区隅田川东岸。中小工厂、住宅、商店密集。

③ 这里指谷崎润一郎。

六、病

在一阵接一阵的海风中，他打开英语词典，用指尖寻找着英语单词。

Talaria：有翅膀的靴子，或凉鞋。

Tale：故事。

Talipot：产于印度东部的椰子。树干高达五十英尺[①]至一百英尺，树叶可用于制伞、扇子、帽子等，七十年开一次花。

他的脑海里，清晰地画出这椰子花的样子。他的喉咙感受到一种从未有过的痒，不由得往词典上吐了口痰。痰？——但那又不是痰。他想到生命的短暂，再一次想起椰子花。在遥远的大海彼岸高耸入云的椰子树的花朵。

七、画

他突然——那确实是很突然。他在一家书店翻看凡·高的画集时，突然理解了绘画。当然，这画集是照片版。但是，从这照片版中，他仍然感受到了鲜明浮现出来的自然。

这画里折射出来的热情，使他的眼界一新。他目不转睛地注视着弯曲的枝丫和女人饱满的双颊。

一个下雨的秋日傍晚，他走在郊外的高架桥上。桥对面的堤坝下停着一驾运货马车。他走着，感到有人走过这条路。是谁呢？——无须再问他自己。二十三岁的他，心中浮现出一个割掉了耳朵的荷兰人，叼着长长的烟斗，锐利地注视着这忧郁的风景画。

①1 英尺为 0.3048 米。

八、火花

他淋着雨，走在柏油路上。雨下得很大。在飞溅的雨花中，他闻到了雨衣上的橡胶味。

眼前的一根电线冒出紫色的火花。他莫名地感动。他上衣口袋里，藏着他准备在杂志上发表的原稿。他走在雨中，再次仰望后面的那根电线。

电线依然迸射出激烈的火花。他放眼人生，好像没有什么特别想要的东西。可是，只有这紫色的火花——只有这空中耀眼的火花，就是让他拿命来换，他也想握在手中。

九、尸体

尸体的拇指上都挂着金属丝，金属丝上挂着名牌，上面写着姓名、年龄等。他的朋友弯腰，灵活地用手上的手术刀，开始剥尸体脸上的皮。皮肤下面延展开来的，是美丽的黄色的脂肪。

他望着那具尸体。为了写一个短篇小说[①]——一个以王朝时代为背景的短篇，他必须这么做。但是，近似腐烂杏子气味的尸臭令人作呕。他的朋友皱紧眉头，静静地动着手术刀。

“这阵子尸体也不够用呢。”他的朋友说道。

不知不觉间，他心里冒出了一个回答——“如果尸体不够用的话，我会毫无恶意地去杀人。”当然，这回答只放在他心里。

---

① 指大正四年（1915 年）十月发表在《帝国文学》上的《罗生门》。

十、老师[1]

他在一棵高大的槲树下读老师的书。

槲树在秋日的阳光下，连一片叶子也不动。远处的空中，一台放着玻璃盘的秤正好保持着平衡——他读着老师的书，仿佛看到了这幅画面。

十一、拂晓

天色渐明。一次，他在街角环顾着广阔的市场。市场里熙熙攘攘的人群和车辆都染上了一层玫瑰色。

他点上一支烟，缓慢地在市场中行走。一条瘦瘦的黑狗突然朝他吠起来。但是他一点儿也不吃惊。不仅如此，他甚至还爱起那条狗来。

市场中央有一株法国梧桐，枝叶向四周伸展。他站在树脚下，透过树枝仰望高高的天空。正好在他的头顶上，一颗星星正熠熠生辉。

那是他二十五岁，与老师相识三个月时的事儿。

十二、军港

潜水艇的内部有些暗。四周都是器械，他猫着腰，窥视着小小的潜水镜。映在潜水镜中的，是明亮的军港的风景。

---

① 这里指夏目漱石，芥川在大正四年（1915年）十二月，入了夏目漱石的门下。

“那里可以看到‘金刚号’吧。”

一位海军将校跟他搭话。他望着四方镜上的小军舰，不知怎的，竟想起荷兰芹菜来。放在三角钱一份的牛排上，散发着淡淡清香的荷兰芹菜。

十三、老师的死①

雨后的风中，他走在一个新建的停车场的站台上。天空还很昏暗，站台对面的铁路上，三四个人正在使用鹤嘴镐，高声歌唱着，对着铁路施工。

雨后的风吹散了工人的歌声和他的感情。他拿着没有点燃的香烟，感受到一种近乎欢愉的痛苦。“老师病危”的电报，还揣在外套的口袋里。

从对面长满松树的山丘背面，一列上午6时的火车，冒着青烟，蜿蜒向这边驶来。

十四、结婚②

结婚翌日，他就斥责妻子：“你刚嫁过来就胡乱花钱，这可不好啊。”与其说是他不满，倒不如说是舅妈让他这么说的。于是，他妻子向他和他的舅妈都道了歉。为他买来的那钵黄水仙还摆在面前。

① 大正五年（1916年）十二月九日，夏目漱石去世。

② 大正七年（1918年）二月二日，同冢本文结婚。

十五、他们

在舒展开来的大芭蕉叶的阴凉下，他们过着平静的生活。因为他们的家[①]在某海滨小镇，从东京驱车过来要整整一个小时。

十六、枕头

他枕着散发出玫瑰叶香的怀疑主义，读着阿纳托尔·法朗士的书。可是，他没有意识到，枕中还有半人半马神。

十七、蝴蝶

在弥漫着海藻气味的风中，一只蝴蝶正在翩翩起舞。在一瞬间，他感觉到蝴蝶的翅膀触碰了一下他那干燥的嘴唇。可是，沾在他嘴唇上的翅粉，几年后依然闪闪发光。

十八、月

他在一家酒店的台阶上，偶遇了她。即便是在白天，她的脸也如在月光下一般。他目送着她（他们素昧平生），感到一种从未有过的寂寥。

---

① 他们搬到了镰仓市大町路口，与妻子、舅妈和女佣一起生活。

十九、人造翅膀

他从阿纳托尔·法朗士转向十八世纪的哲学家那儿去了，但是他没有接近卢梭。这或许是因为他自身的一面——容易感情用事的一面与卢梭相似的缘故。他接近了与他自身另一面——富于冷静的理智一面相似的、写作《老实人》[①]的哲学家。

对于二十九岁的他来说，人生已经毫无光明。但是，伏尔泰却给了他一双人造翅膀。

他展开这双人造翅膀，轻而易举地飞上了天空。与此同时，沐浴着理智之光的人生的欢乐与悲伤，沉落在他的眼底。他向寒碜的街道投以讽刺与微笑，在毫无遮挡的空中，径直飞向太阳，好像忘了古代希腊人因人造翅膀被太阳烧掉而坠海死去的故事。

二十、枷锁

因他进入一家报社[②]工作的缘故，夫妻二人与养父母住在一起。他依靠的是一张写在黄色纸上的合同。但他后来看这合同时才发现，合同里没有规定报社的任何义务，只规定了他的义务。

二十一、疯子的女儿

两辆人力车走在阴天的杳无人烟的乡村小路上。有海风吹来，

---

① 伏尔泰的哲学小说，也是他的代表作。

② 大正八年（1919年）三月起，芥川进入大阪每日新闻社工作。四月离开镰仓，搬到田端的自己家居住。

因此可知这条路面朝大海。他坐在后面那辆人力车上，正奇怪自己竟对这次约会毫无兴致。是什么驱使他到这儿来的？那绝对不是恋爱。如若不是恋爱——为了避免这个回答，他只能想着“总之我们是平等的。”

前面那辆人力车拉着的，是一个疯子的女儿。不仅如此，她的妹妹甚至因为嫉妒而自杀了。

“已经走投无路了。”

他对这个疯子的女儿——只有强烈的动物本能的她感到憎恶了。

这期间，两辆人力车正经过散发着海腥味的墓地外围，粘着牡蛎壳的木头围墙里，有几座发黑的石塔。他眺望着那些石塔对面波光粼粼的海面，突然对她的丈夫——那没能抓住她的心的丈夫，产生了轻蔑。

二十二、一位画家[1]

那是一本杂志的插图。一只公鸡的水墨画展现出鲜明的个性。他向一位朋友打听这位画家。

一周后，这位画家拜访了他。这是他一生中特别值得标记的事件。他在这位画家的身上发现了无人知晓的诗。不仅如此，他还发现了连画家自己都不知道的画家的灵魂。

一个微寒的秋日傍晚，他在一根玉米前，突然想起了这位画家。高高的玉米披着硕大的叶子，培植的土里露出像神经般纤细的根部。那无疑又是容易受伤的他的自画像。但是这种发现，只会徒增他的忧郁。

---

① 这里指小穴隆一。

“已经晚了。可是一旦……”

二十三、她

天色渐暗，他发着低烧，走在广场上。澄澈的天空泛着银色，高楼林立，窗口，灯火通明。

他在路旁停下脚步，等待着她的到来。五分钟后，她带着好似有些憔悴的面容向他走来。可是，看到他的脸，她微微一笑，说：“好累啊。”他们并肩在微微有些光亮的广场上走着。这对他们来说是第一次。为了与她在一起，他愿意放弃一切。

他们坐上汽车之后，她凝视着他的脸，问道：“你不后悔吗？”“不后悔。”他回答得很干脆。她按住他的手说：“我也不后悔。”这时，她的脸，如沐浴在月光之下。

二十四、生产

他伫立在隔扇门旁，俯视着穿着白色手术服的助产士给新生儿洗澡。每当肥皂浸入眼睛里，婴儿就令人怜爱地皱起脸，还大声地哭起来。他感到婴儿身上的气味与小鼠崽相似，不由得深切地思索道——

“这孩子为什么要来到这世上呢，到这充满苦难的世上来？为什么他命中注定要有我这样一个父亲呢？”

这是他妻子第一胎生产的男孩。

二十五、斯特林堡

他站在房间门口，在石榴花盛开的月明之夜，看着几个脏兮兮的中国人在打麻将。之后又回屋，在低矮的煤油灯下，开始读《痴人的告白》。但是，还没读两页，便不自觉地苦笑起来——斯特林堡在写给他的情人伯爵夫人的信中，写着跟他差不多的谎言。

二十六、古代

色彩剥落的佛像、天人、马、莲花，这一切的一切使他为之倾倒。他仰视着它们，忘记了一切，甚至忘记了自己幸运地摆脱了疯子的女儿。

二十七、斯巴达式训练

他和朋友走在一条小巷里。一辆带篷的人力车，径直地往这边跑来。意外的是，车上坐着的，正是昨夜的她。即便是在白天，她的脸也如沐浴在月光中一般。在他的朋友面前，他们自然连招呼也没打。

“真是个美女啊。”他的朋友如此说道。

他望着道路尽头春天的山，毫不犹豫地回答：“是啊，真美啊。”

二十八、杀人

阳光下，乡间小道弥漫着牛粪的臭气。他擦着汗，慢慢地上坡。

道路两旁飘着熟了的麦子的香味。

“杀了他，杀了他……”

他的嘴里不知不觉一直在重复这句话。杀谁？——他很清楚。他想起了那个低三下四的平头男。

金黄色麦田的对面，不知何时，露出一座罗马天主教堂的圆屋顶。

二十九、形

那是一把铁制酒壶。他从这把镶着细纹的酒壶上，懂得了“形”之美。

三十、雨

他在一张大床上，与她说了很多话。卧室的窗外下着雨。文殊兰的花，好像迟早会在这雨中烂掉。她的脸，仍旧像沐浴在月光中一般。可是，同她交谈，他不免感到无趣了。他趴在床上，静静地点燃一支烟，想到他们已经在一起七年了。

“我爱这个女人吗？”他问自己。

“我还爱她。”这个答案连他自己都感到意外。

三十一、大地震

那气味像是熟透了的杏子。他走在火灾后的废墟上，闻到了这股味道。在大热天里腐烂的尸体的气味竟意外地没有想象的那么难闻，他这么想着。但是，当他站在堆满尸体的池边望去时，他发现“酸鼻”这个词在感觉上绝不夸张。打动他的，是一具十二三岁的小孩的尸体。他望着这具尸体，竟有些羡慕。“为众神所宠者多夭折”——他想起这句话来。他的姐姐[①]和同父异母的弟弟[②]家都被烧毁了，姐夫[③]因犯伪证罪而被判刑，缓期执行。

“所有人都死掉才好。”他站在废墟上，不由得深切地想道。

三十二、打架

他和同父异母的弟弟扭打在一起。无疑，弟弟常因为他受到压迫。同时，他又因为弟弟而失去了自由。他的亲戚们常跟他弟弟说“要向哥哥看齐”。但是这句话也束缚了他自己。他们扭作一团，滚到了檐廊前。檐廊前的庭院里有一棵百日红——他到现在还记得——在大雨将至的天空下，盛开着夺目的红花。

三十三、英雄

他从伏尔泰家中的窗户，仰望着高山。那挂着冰川的山上，连秃鹰的影子都看不到。但是，有一矮个子的俄罗斯人，执着地在山路上攀登。

---

① 这里指芥川的二姐。初与葛卷义定结婚，夫死后，改嫁西川丰，西川死后，她再次回到葛卷家。

② 新原得二。芥川生母的妹妹——小姨母富由，与其生父所生之子。

③ 这里指西川丰。

夜幕降临到伏尔泰家之后，在明亮的灯光下，他回忆着那个苏联攀登者[1]的身影，写下了一首有思想偏向的诗。

你比谁都恪守十诫，
又比谁都打破十诫。
你比谁都爱护民众，
又比谁都轻蔑民众。
你比谁都心怀理想，
又比谁都认清现实。
你就是诞生于我们东洋的，
散发着花草清香的电力机车。

三十四、色彩

三十岁的他，不知何时，爱上了一块空地。那里，长着苔藓的地面上，散落着残瓦碎片。但是，在他眼里，这画面与塞尚的风景画无异。

他突然回想起七八年前他的那股热情。同时，他发现，七八年前的他不懂色彩。

三十五、人形模特

他打算过一种无论什么时候死都死而无憾的生活。但是，他还

---

①这里指列宁。

是继续着他那顾忌着养父母和舅妈的生活。这造就了他生活的阴阳两面。他看着西装店里的人形模特，想着自己在多大程度上与这个人偶相似。但是，意识之外的他——可以说是第二个他，早已将这种心情写进他的一篇短篇小说[①]里了。

三十六、倦怠

他和一名大学生在芒草地里行走。

“你们现在，对生活还抱有饱满的热情吧。”

“嗯，可是您应该也……”

“但是我已经没有了。我现在只有创作欲。”

这是他的真实想法。不知从何时起，他对生活已经失去了兴趣。

“创作欲其实也是对生活的热情吧。”

他没有回答。不知何时，芒草地红色的稻穗上，清晰地显露出一座火山。他对这火山竟有一丝羡慕。但是连他自己也不知为何羡慕。

三十七、过来人

他遇到了一位在才华上能够与之抗衡的女人。不过，他写了《过来人》等抒情诗，才算勉强摆脱了这个危机。那胸中烦闷的情绪，犹如将在树干上冻住的、耀眼的雪团抖搂下来一般。

---

① 这里指大正五年（1916年）八月发表在《人文》上的《野吕松木偶》。

草笠风中舞，
散落在道旁。
吾名不足惜，
唯君名远扬。

三十八、复仇

那是在一家酒店的露台上，周围的树木抽出了新芽。他一边画画，一边逗一位少年玩耍。那是七年前与他分手的疯子的女儿的独生子。

疯子的女儿点燃一支烟，望着他们玩耍的情景。他怀着苦闷的心情，继续画着汽车和飞机。幸好，少年不是他的孩子。可是，每当听到这位少年叫他“叔叔”，他都无比痛苦。

少年走开了。疯子的女儿吸着烟，谄媚地对他说：“你不觉得那孩子长得很像你吗？”

“不像。首先……”

“但是，有胎教这一说吧。”

他沉默不语，把视线移开。但是，他的心底却升起一种残忍的欲望，他想把她掐死。

三十九、镜子

某咖啡厅的一角，他正与朋友闲聊。朋友吃着烤苹果，说着近日的寒冷。他突然在这话题中感受到了矛盾。

“你还是单身吧？”

“不，我下个月结婚。”

他不禁沉默。嵌在咖啡厅墙壁上的镜子中，映射出无数的自己，冷冰冰地，好似要威胁什么一般。

四十、问答

你为什么要攻击现代的社会制度？

因为我看到了资本主义所产生的恶。

恶？我以为你分不清善恶的差别呢。那么你的生活呢？

——他与天使这般一问一答，与一位戴着一顶不逊于任何人的大礼帽的天使。

四十一、病

他深受失眠症的困扰。不仅如此，体力也开始衰退。几位医生给他的病分别做出多种诊断——胃酸过多、胃弛缓、干性胸膜炎、神经衰弱、慢性结膜炎、脑疲劳……

但是，他自己知道自己的病因。那就是他既对自己感到羞愧，又对它们心怀恐惧。它们——他所蔑视的社会！

一个将要下雪的阴沉沉的下午，他在一家咖啡厅的一角，叼着一支点燃的香烟，听着对面留声机中放出来的音乐。那音乐不可思议地渗透他的心灵。等那段音乐结束，他便走到留声机前，查看上面贴着的音乐的名称。

Magic Flute-Mozart（《魔笛——莫扎特》）

他顿时明白了。原来，打破了十诫的莫扎特，也是有过痛苦的。但是，不像他那样……他低垂着头，静静地回到桌子旁。

四十二、众神的笑声

春天，三十五岁的他在松林里漫步。他想起来两三年前他所写下的“神最大的不幸是他们不能像我们一样自杀”。

四十三、夜

夜晚再次降临。薄暮中，风暴降至的海面，不断地拍起浪花。在这天空之下，他与妻子第二次结婚。这对他们来说是欢喜的。但同时，又是痛苦的。三个孩子和他们一起望着海面上的闪电。他的妻子抱着其中一个孩子，好像在强忍着眼泪。

“能看到那边有一艘船呢。”

“嗯。”

“一艘桅杆断成两截的船。”

四十四、死

他趁着独自睡觉的机会，将腰带挂在窗棂子上打算自缢。但是将脖子套进腰带时，他突然感到对死亡的恐惧。那不是因为死亡那一瞬间的痛苦而感到恐惧。第二次，他拿出怀表，试图计算缢死的时间。稍微感受到痛苦时，眼前的一切都变得模糊了。只要过了这一段，无疑就会死。他看了看怀表的指针，发现感受到痛苦的时间是一分二十几秒。窗外一片漆黑。漆黑中，传来嘹亮的鸡鸣。

四十五、Divan[①]

Divan 再次为他的心灵注入新的力量。那是他所不知道的“东洋的歌德”。

他看着悠然站在善恶彼岸的歌德，感受到一种近乎绝望的羡慕。在他眼中，诗人歌德比诗人基督更伟大。在这位诗人心中，除了卫城[②]、各各他[③]之外，阿拉伯也盛开着玫瑰花。如若多少有些力量去追寻这位诗人的足迹的话——他读完Divan之后，可怕的感动平静下来，他对在生活中像个宦官的自己产生了痛切的蔑视。

四十六、谎言

姐夫的自杀骤然将他打倒。他此后不得不照料姐姐一家的生活。至少对他而言，他的未来如黄昏一般昏暗。他对自己精神上的破产冷笑着（他清楚地知道自己全部的不道德和弱点），继续阅读各种书籍。可是，就连卢梭的《忏悔录》里，都写满了英雄主义的谎言。特别是读到《新生》时，他从未见过如《新生》的主人公那般老奸巨猾的伪善者。唯有弗朗索瓦·维庸[④]沁入了他的心脾。他在他的几篇诗中，发现了“美丽的雄性”。

---

① 著名的《西东诗集》（1819年刊），以阿拉伯诗人的影响、与玛丽安的恋爱为主要题材，反映了歌德的思想和热情。

② 卫城，在古希腊的各城邦形成的市民集合中心的小山岗，建有城邦守护神的神殿，战时还可起到市民战斗的最后城堡的作用。雅典的卫城最为有名。

③ 各各他，耶稣被钉于十字架而死的耶路撒冷郊外的小丘。

④ 弗朗索瓦·维庸（1431—？），法国诗人，过着杀人、放浪、盗窃的生活，最后被处以死刑。

等待绞刑的维庸出现在他的梦里。有好几次，他想像维庸那样，坠入人生的最低谷，但是他的境遇和肉体上的能量不允许他这么做。他渐渐衰弱下去，正如过去斯威夫特[①]看到的从树梢开始枯萎的树木那样。

四十七、玩火

她光彩照人，如同朝阳照耀在薄冰上一般。他对她抱有好感，但是没有恋爱的感觉。不仅如此，他甚至没有碰过她一根手指头。

“听说您想死？”

“嗯——不，与其说是想死，不如说是活够了。”

他们这样一问一答之后，约好一起自杀。

“这是精神自杀。”

“双人精神自杀。”

他对自己如此沉着，感到不可思议。

四十八、死

他没有和她一起死。只是对连她的手指头都没碰过这一点，他感到满意。她像什么都没发生一样同他讲话。她甚至递给他一瓶氯化钾，对他说：“有了这个我们就都安心了。”

这无疑使他的心踏实下来。他独自坐在藤椅上，望着椤树的嫩叶，不由得反复思索死亡带给他的平和。

---

① 斯威夫特（1667—1745），英国讽刺作家，代表作《格列佛游记》。在情人死去之后，精神失常。

四十九、天鹅标本

他用尽最后的力气，试着书写他的自传。没想到，这对他来说并非易事。因为他残存着自尊心、怀疑主义和利害算计。他不由得蔑视起这样的自己。在他看来，《诗与真实》[①]这样的书名用在谁的自传上都可以。并且，他清楚地知道，文艺作品并非能打动所有人。只有那些与他境遇相似、性情相似的人，才能读懂他的作品——他产生了这样的念头。因此，他打算试着简短地写下自己的《诗与真实》。

在写完《某傻子的一生》之后，他偶然在一家旧货店看到了一个天鹅标本。它昂首挺立着，然而泛黄的羽毛也已被虫侵蚀。他回想自己的一生，泪水和冷笑喷涌而出。留在他眼前的选项只有发疯和自杀这两种。他独自走在黄昏的街道，决心慢慢等待将他毁灭的命运的到来。

五十、俘虏

他的一个朋友[②]发了疯。他从这位朋友身上总能感到一丝亲切。因为他比别人懂得这位友人的孤独——轻松的面具下藏着的孤独。在这位朋友发疯后，他去看望过两三次。

“你和我都被恶魔附体了，被世纪末的恶魔附体了。”

这位朋友曾压低声音对他说道。但是，两三天后，在去温泉旅馆的途中，朋友甚至吃起玫瑰花来了。朋友住院后，他想起曾送过

---

①《诗与真实》（1811—1831），歌德自传的副标题。客观描述了他的青年时代，被视为自传中的经典。

②这里指宇野浩二。

这位朋友一座赤陶女神像。那是朋友喜欢的《钦差大臣》的作者的半身像。他想到果戈理也是发疯而死的，不由得感到有一股力量冥冥之中在支配着他们。

在他筋疲力尽之时，突然读到拉迪盖[①]临终前的话语，再次感受到诸神的笑声。那话是“神兵神将就要来捉我”。他想与他的迷信和他的感伤主义做斗争，但是从肉体上讲，斗争对他来说是不可能的。“世纪末的恶魔”无疑正在折磨着他。他羡慕相信神的力量的中世纪的人。但是他无法做到相信神——相信神之爱。那连考克托[②]都相信的神！

五十一、败北

他拿笔的手开始颤抖，他甚至流出口水。除非服用零点八克的佛罗那[③]，否则他的头脑无法清醒。而且清醒的时长也只有半个小时到一个小时。他在那昏暗中度过时光，将断了刃的细剑当作拐杖拄着。

---

① 拉迪盖（1903—1923），法国小说家。在他的作品《德·奥热尔伯爵的舞会》中，考克托为其作的序中写道：“大事不好。三天后，我将被神兵神将枪决……”

② 考克托（1889—1963），法国诗人，小说家，立足于第一次世界大战后的现代主义，创作才华横溢的实验性作品。

③ 佛罗那是处方药，有催眠或镇静的功效。

侏儒警语

《侏儒警语》[1]序

《侏儒警语》未必完全传达我的思想，只不过从中不时能窥见我思想的变化。与其说它是一根草，不如说它是一条藤蔓——并且这条藤蔓上有许多分支。

星星

古人一语道破天机：太阳底下无新事。但是并非只在太阳底下无新事。

根据天文学家的说法，海格力斯星群发出的光到达我们地球要三万六千年。但是，海格力斯星群也不是永久都在发光。终有一日，它会如冷灰般失去美丽的光芒。不仅如此，死始终孕育着生。失去光芒的海格力斯星群在无边无际的宇宙中漂泊时，只要遇到一个好时机，它便会立刻变成一团星云。这样一来，它又能不断孕育出新的星体。

与浩瀚的宇宙相比，太阳也不过是一星磷火，更何况是我们的地球。然而在遥远的宇宙之极、银河之畔发生的事儿，也与我们这个泥团上发生的事儿别无二致。想到这些，我不禁同情起散落在天空的无数星星来。不，我觉得那闪烁的星光也在表达着与我们同样

---

①《侏儒警语》是芥川的随笔集。昭和二年（1927年）十二月发表在文艺春秋社刊上。《澄江堂杂记》里也有收录。

的感情。在这一点上，诗人在很早以前就已经高声歌唱过这个真理。

如细沙般无数的繁星啊，
其中一颗，
正向我发出耀眼的光芒。

然而星星也要同我们一样经历生死轮回——便不会单调无聊。

鼻

帕斯卡有一句有名的警句："如果克娄巴特拉的鼻子是弯的，世界将会因此完全改变。"但是恋爱中的人们是看不到事实的真相的。不，应该说我们的自我欺骗，一旦陷入爱情，就会表现得淋漓尽致。

安东尼也不例外，如果克娄巴特拉的鼻子是弯的，他也会假装没看见。即便在那些不得不看她弯鼻子的情况下，他也会寻找她其他的长处来补其短处。说起这其他的长处，那便是，天底下没有一位女性，像我的恋人般具备这么多长处。安东尼也一定同我们一样，从克娄巴特拉的眼睛、嘴唇找到补偿的地方。不仅如此，还有"她的心"！其实我们所爱的女性，古往今来无不拥有一颗美丽的心灵。不仅如此，还有她的衣服、她的财产、她的社会地位等——这些都可以成为她的长处。举一个极端的例子，甚至她以前被某位名士所爱慕的事实或是谣传，都可以成为她的长处之一。况且，克娄巴特拉不正是那极尽奢华又充满神秘感的埃及的最后的女王吗？在缭绕的香烟中，王冠上的珠宝闪着光芒，手弄荷花，无论鼻子多弯人们也都看不到吧，更何况是安东尼？

这样的自我欺骗不仅限于恋爱中。尽管程度上略有不同，我们都在按照自己的想法，涂改事实的真相。像是牙医的广告牌，我们眼里所看到的，不是广告牌，而是希望有一个像广告牌一样的心——甚至可以说是我们的牙痛。当然，我们的牙痛与世界历史无关。但是这种自我欺骗，无论是想要知民心的政客，还是想要晓敌情的军人，又或是想要悉经济状况的实业家，都会去做的。我不否认对此予以修正的理智的存在。但我同时，也承认适用于万事万物的“偶然”的存在。但是，所有的热情都容易忘记理性的存在。“偶然”可以说是神的旨意。这样一来，我们的自我欺骗，或许正是左右世界历史的最为持久的力量。

也就是说，两千多年的历史并不取决于渺小的克娄巴特拉的鼻子，而是取决于地球上遍布的我们的愚昧。应该嘲笑的——却又庄严的我们的愚昧。

修身

道德是方便的别名。与“左侧通行”相似。

×

道德所给予的恩惠是时间与劳动的节省。道德所给予的损害是完全的良心的麻痹。

×

随意违反道德的人是缺乏经济观念的人，随意屈从道德的人是胆小者或懒惰者。

×

支配我们的道德是荼毒资本主义的封建时代的道德。我们几乎只受其损害，未得其一丝恩惠。

×

强者蹂躏道德，弱者受道德的爱抚。受到道德迫害的，常常是位于强弱中间的人。

×

道德常常披着旧外衣。

×

良心并不像我们的胡须一样，会随着年龄的增长而增加。人们要想有良心，就要接受各种各样的训练。

×

一个国家九成以上的国民，都没有良心。

×

我们的悲剧是，因为年少，因为训练不足，在还未获取良心之前，就受到寡廉鲜耻者的非难。

我们的喜剧是，因为年少，因为训练不足，在受到寡廉鲜耻者的非难之后，终于获得了良心。

×

良心是严肃的趣味。

×

或许良心创造了道德。但是道德至今，连良心的“良”都未创造过。

×

同其他所有趣味一样，良心也有近乎病态的爱好者。这些爱好者十之八九，都是聪明的贵族或富豪。

好恶

我像喜欢老酒般喜欢古老的快乐主义[①]。决定我们行为的，既不是善，也不是恶，只是我们的好恶，或者说是我们的快乐与不快乐。我只能这样想。

那么为什么我们在极其寒冷的天气里，看到将要溺死的幼儿，也要跳下水去营救呢？因为救人会带给我们快乐。那么，使我们抛弃进入水中的不快，而选择救人的快乐的标准是什么呢？是因为我们选择了更大的快乐。但肉体上的快与不快，和精神上的快与不快，

---

①古希腊的快乐主义。亚里斯提卜等人的昔勒尼学派的思想，因瞬间的感觉去追求快乐。

判断的标准应该不同。但，其实这两者并非完全不相容。不如说它们像咸水和淡水般，融为一体。现实中，没受过精神教育的京都、大阪一带的绅士诸君，喝过甲鱼汤后，以鳗鱼下饭，不也是无上的快乐吗？而且，在寒冷的水中冬泳这件事，也告诉我们，水和寒冷也能带给我们肉体上的快乐。如若对这一点还有怀疑的话，不妨想一想性受虐狂。那该诅咒的性受虐狂便把这种肉体上的快与不快在外观上的倒错当作常规的倾向。

正如古希腊人所言，决定我们行为的，除好恶以外绝无其他。我们必须从人生之泉中，汲取最大的滋养。连耶稣都曾说过，“不要像法利赛人那样终日面带忧伤”。贤人，毕竟能使布满荆棘的路上也开满玫瑰。

侏儒的祈祷

我是个只要能身穿彩衣、献筋斗之戏、享太平之世就能心满意足的侏儒。唯愿我的愿望能够实现。

请不要让我贫穷得连一粒米都吃不上，也不要让我富足得连熊掌都吃腻了。

请不要让采桑的农妇都嫌弃我，也不要让后宫的佳丽都爱慕我。

请不要让我愚昧到连菽麦[①]都不分，也不要让我聪明到能明察云天。

无论如何，请不要让我成为勇敢的英雄。其实，有时我会做这样不可能实现的梦——我在梦里登上险峰之巅，穿越骇浪之海。每每做这样的梦时，我都感到前所未有的害怕。我像与龙搏斗般，与这梦境做斗争。请保佑这个无力的我永远不要成为英雄——永远不要燃起成为英雄的雄心壮志。

---

① 出自《左传·成公十八年》。不辨菽麦，形容愚昧无知，连身边的事物也分辨不清。

我是一个只要有春日美酒可饮，有金缕之歌可诵就心满意足的侏儒。

自由意志与宿命

总之，如果相信宿命，罪恶将不复存在，惩罚也就失去了意义，那么我们对罪人的态度也会变得宽容起来。同时，如果相信自由意志，就会产生责任的观念，良心便不会麻痹，我们对自己的态度就会更加严肃。那么，我们应该遵从哪一个呢？

我想坦然地做这样的回答，一半相信宿命，一半相信自由意志。或者说，一半怀疑自由意志，一半怀疑宿命。为何如此？我们难道不是因为我们背负的宿命才娶妻的吗？同时，我们难道不是根据赋予我们的自由意志，而没有按照妻子的吩咐，去买来短外褂和和服腰带吗？

不仅仅是自由意志与宿命，还有神与恶魔、美与丑、勇敢与怯懦、理性与信仰——还有其他所有处于天平两端的事物，对于这些事物，我们都应该采取这种态度。古人将这种态度称之为中庸。中庸即英文中的good sense。我坚信，没有good sense，就无法获得任何幸福。即便能获得，也不过是炎炎夏日拥炭火、天寒地冻挥团扇的那种硬着头皮装出来的幸福罢了。

小儿

军人似小儿。喜欢英雄的架势，喜欢所谓的光荣，这在这里已无须再赘述。崇尚机械般的训练，重视动物式的勇气，那是只有在小学才能看到的现象。毫不畏惧地面对杀戮更是与小儿无异。尤其与小儿相似的是，只要喇叭一吹军歌一响，便欣然向敌，连为何而战也不问。

因此，让军人引以为豪的，势必与小儿的玩具无异。用绯色皮条穿起的铠甲和安有立件的头盔，并不符合成年人的兴趣，还有勋章也是——我对此感到不可思议。为何军人能在未醉酒的情况下，佩戴勋章闲庭信步呢？

武器

正义与武器相似。只要出钱，无论是敌方还是我方，都可以买到武器。正义也是，只要合理，敌方也好，我方也好，都可以买到。自古以来，“正义的敌人”这一名字如炮弹般被扔来扔去。如果不是被修辞所蛊惑，到底哪一方是正义的敌人，至今还没有弄清楚过的例子。

日本的劳动者，因为生而为日本人，就被命令离开巴拿马[①]。这违反了正义。正如美国报纸所说，这是“正义的敌人”。但是中国的劳动者，也因为生而为中国人，被命令离开千住[②]。这也违反了正义。正如日本报纸所言——不，日本两千年来，一直都是“正义的伙伴”。正义似乎从未与日本的利害产生过矛盾。

武器本身不足以让人害怕。可怕的是武将的武艺。正义本身也不足以让人害怕，可怕的是煽动家的雄辩。武后不顾人神共愤，无情地蹂躏了正义。然而她在李敬业之乱[③]，读骆宾王的檄文[④]时，也不免大惊失色。“一抔之土未干，六尺之孤何托”两句，是只有天生的煽动政治家才能写出的名言。

尊王

在十七世纪的法国，一天，勃艮第公爵问肖瓦西神父，：“查理六世疯了，怎么才能委婉地表达出这个意思呢？”肖瓦西神父答道：

① 在排日情绪高涨的1913年的美国，加利福尼亚州议会决定，《排华法案》同样适用于日本移民，命令日本人离开巴拿马。

② 从东京都足立区南部至荒川区东部的地区，工商业地区。

③ 公元684年，李敬业因不满被贬为柳州司马，与骆宾王发动叛乱，讨伐武则天，以失败而告终。

④ 骆宾王作《讨武檄文》，以逼武则天退位，匡扶中宗复位为目的。

“要是我的话就直说，查理六世疯了。”据说，肖瓦西神父将此事列为他平生冒险的事件之一，之后也一直为此自豪。

十七世纪法国流传下这样的逸事，可见其多么富于尊王精神。但是，二十世纪日本的尊王程度不亚于当时的法国。实属——欣幸之至。

创作

艺术家或许总是有意识地在创造他自己的作品。但是，看作品的话，作品的美丑有一半都存在于超越艺术家意识的神秘世界。一半？或者更应该说是一大半。

奇妙的是，我们往往不会提问，但却很会作答。我们的思想会自然地流露在作品中。古人的一刀三礼[①]，不正是说明了对这种无意识境界的敬畏吗？

创作常常是冒险，说到底就是尽人事听天命。

少时学语苦难圆，
只道工夫半未全。
到老始知非力取，
三分人事七分天。

赵瓯北的这首《论诗》七绝，恐怕道出了个中真谛。艺术其实奇妙地带有某种深不见底的骇人之处。我们若非贪恋钱财或者沽名钓誉，最后若非病态地热衷于创作的话，可能就不具备与这瘆人的艺术搏斗的勇气。

① 一刀三礼是日本佛教用语。谓雕刻佛像时，每下一刀礼佛三次。

鉴赏

艺术鉴赏，是艺术家本身与鉴赏家的合作。可以说，鉴赏家只是以一个作品为题，进行他自身创作的尝试罢了。因此，在任何时代都享有盛名的作品，必然具备使得种种鉴赏都成为可能的特色。但是，正如阿纳托尔·法朗士所言，具备种种鉴赏的可能，并不意味着作品本身暧昧，因此可以随意解释；而是说其像庐山的群峰一般，具有可以从多个角度进行鉴赏的多样性。

古典

古典作者之所以是幸福的，是因为反正他们都已经死了。

又

我们——或者说诸君之所以是幸福的，是因为反正古典的作者都已死去。

幻灭的艺术家

有一群艺术家住在幻灭的世界里。他们不相信爱，也不相信良心，只是像过去的苦行僧般以乌托邦的沙漠为家。从这一点上看，确实有点可怜。但是美丽的海市蜃楼也只在沙漠的天空中出现。对人生百事都感到幻灭的他们，对艺术仍抱有向往。不，只要一提起艺术，他们眼前就会出现常人所不知道的金色梦幻。其实他们并非如我们所想，他们也拥有幸福的瞬间。

坦白

谁都做不到彻底对自己坦白。同时，为表达什么，又不得不对自己坦白。

卢梭是喜欢对自己坦白的人，但是却没有将赤裸裸的自己写进《忏悔录》里。梅里美是讨厌对自己坦白的人，但是《高龙巴》里隐约可见他自己的影子。归根到底，坦白文学与其他文学的界限并不像看起来那么清晰。

人生
——致石黑定一君[1]

如果命令没学过游泳的人去游泳，任何人都会认为这不可能办到吧。如果命令没学过赛跑的人快跑，想必人们都觉得这荒谬至极吧。但是，我们从生下来那一刻开始，就不得不背负着这种荒唐的命令。

难道我们在母亲腹中时，就学过处世之道吗？然而我们一出生，便踏入了犹如大竞技场般的人生。当然没学过游泳的人是不可能游得像样的。同样，没学过赛跑的人也一定会被甩在后面。所以，我们也不可能完好无损地走出人生的竞技场。

或许世人会这样说，“沿着前人的足迹走就是了，那是你们学习的榜样”。但是，即便看过成百上千的游泳者和赛跑者，也不可能记住怎么游泳，精通如何跑步。不仅如此，那些游泳者无一没有呛过水，那些赛跑的人身上全都沾满了赛场的土。你看，就算是世界知名的选手，不也在满面春风中隐藏着愁苦的神色吗？

人生就像一场由疯子主办的奥运会。我们在与人生做斗争的同时，不得不学着如何去与人生做斗争。如果认为这游戏愚蠢至极、禁不住发出愤慨的话，那就赶紧滚出场外吧。自杀的确是一条捷径。但是想留在人生竞技场上的人，就必须不惧疮痍，奋勇向前。

又

人生似一盒火柴。太过小心地去使用未免有些愚蠢，但是太过

---

①石黑定一，大正七年（1918年）毕业于东京高等商业学校。芥川在上海旅行时的友人。

大意又会带来危险。

又

人生似一本缺了很多页的书。很难说它是一本完整的书，但它确实又是一本书。

地上乐园

诗歌里常常歌颂地上乐园的景象。但是很遗憾，我还不曾有过想要住进诗人笔下的地上乐园的愿望。基督教徒的地上乐园，终归是无聊的全景画。黄老[①]学者的地上乐园也不过是萧索的中华料理店。更何况近代的乌托邦了——威廉·詹姆斯[②]为之战栗之事，恐怕大家都还记得吧。

我梦想中的地上乐园不是这样的天然温室。同时也不是兼具学校功能、配发粮食和衣服的配给所。只是在这乐园里，孩子成年时父母一定会死去。另外，兄弟姐妹有可能是坏人，但绝不是白痴，因此不会给彼此添负担。女人一旦成为妻子，便会像被家禽附体一般百依百顺。孩子无论是男孩还是女孩，一天之内都要根据父母的意志和情感，数次变成聋子、哑巴、瘫子和瞎子。甲的朋友不比乙的朋友穷，乙的朋友也不比甲的朋友富，从而在互相吹捧对方上获得无上的满足。还有——以此类推。

这不是我一个人的地上乐园。同时也是全天下善男信女的地上乐园。只是古往今来的诗人学者，在其金色的冥想中，未曾梦见这样的光景。未曾梦见也不是不可思议。因为，如果梦到这番光景，会洋溢出过于真实的幸福。

---

① 黄帝和老子，也指他们提出的学说。

② 威廉·詹姆斯（1842—1910），美国哲学家、心理学家。反对主知主义、合理主义，提倡实用主义哲学、机能心理学。

附记：我的外甥梦想着能买一幅伦勃朗的肖像画，但他从不梦想着能得到十块钱的零花钱，因为得到十块钱零花钱太过真实。

暴力

人生往往是复杂的。能让复杂的人生变得简单的，除了暴力，别无其他。因此，只拥有石器时代人类脑髓的文明人，比起辩论更喜欢杀戮。

但是，毕竟，权力是取得专利的暴力。为了支配我们人类，或许暴力是必须的东西，又或许不是必须的。

像个人样

非常不幸，我不具备对“像个人样”顶礼膜拜的勇气。不，事实上，我还经常对“像个人样”感到轻蔑。但是，我时常对“像个人样”感到爱意也是不争的事实。爱意？——与其说是爱不如说是怜悯。但总之，如果真的不为“像个人样”所动的话，人生势必会变成不堪入住的精神病院。斯威夫特最终发疯，也是其必然的结局。

据说，斯威夫特在发疯之前，曾对着一棵枯萎了树梢的树木自言自语道：“我像那棵树，从头部先开始不行的。”每每想起这段逸闻，我都不寒而栗。我暗自庆幸，我没有生作斯威夫特那般绝顶聪明的鬼才。

栲树叶

完全获得幸福，是仅仅赐予白痴的特权。无论是怎样的乐天派，都做不到自始至终展露笑颜。如果真的允许乐天主义存在的话，只能说那对幸福该是何等的绝望。

“在家吃饭用碗盛，旅途中吃饭用栲树叶装”，这句话歌咏的不仅仅是旅途中的情怀。我们常常会妥协，用“能够得到的东西”来代替“想要得到的东西”。学者为这栲树叶赋予了许许多多的美名吧。

但是，毫无顾忌地拿到手中细看的话，栲树叶还是那片栲树叶。

赞叹作为栲树叶的栲树叶比赞叹作为盛饭器皿的栲树叶确实更加值得尊敬。但是还不如对作为栲树叶的栲树叶一笑置之。至少，终生不厌其烦地重复同一赞叹是滑稽且不道德的。实际上，伟大的厌世主义者也不是只有愁苦的一面。即便是身患不治之症的莱奥帕尔迪[①]，有时，也会对着快要凋零的玫瑰花露出寂寞的微笑。

附记：不道德是过度的别名。

佛陀

悉达多[②]逃出王宫[③]之后，苦苦修行了六年。之所以苦行六年，自然是极尽奢华的王宫生活的恶果。其证据就是，拿撒勒[④]的木匠之子，就只断食了四十天。

又

悉达多让车匿[⑤]执马辔，偷偷逃出了王宫。但他的思辨癖常使他陷于忧郁症。在他逃出王宫后松了一口气的，到底是将来的释迦牟尼佛祖，还是他的妻子耶输陀罗[⑥]呢，恐怕很难断定。

---

① 贾科莫·莱奥帕尔迪（1798—1837），意大利诗人、哲学家，一生体弱多病，厌世主义贯穿其思想。

② 悉达多，佛教开山鼻祖释迦牟尼还是王子时的名字。迦毗罗城净饭王的长子。

③ 因为释迦牟尼未能得到父亲的出家许可，他在深夜悄悄告别了妻子，在苦行林入口处剃度出家开光，之后在恒河流域的圣地等地进行断食等苦行。

④ 拿撒勒，位于以色列北部、加利利高地南面的城市，传说耶稣基督曾在这里度过了其开始传道生涯前的三十年。

⑤ 车匿（梵名 Chandaka），在悉达多到达苦行林入口前为侍奉悉达多的随从。

⑥ 耶输陀罗，悉达多王子之正妃，罗睺罗之母。

又

悉达多苦行六年之后，在菩提树下达到正觉[①]。他得道的传说[②]，说明了应如何支配物质之精神。他先沐浴，再食乳糜，最后与牧牛少女难陀婆罗[③]交谈。

政治天才

人们认为，自古以来的政治天才都是将民众的意志当作自己的意志。但是，这或许恰恰相反。毋宁说，政治天才，是将他自己的意志变成民众的意志的人。至少能让人们相信，那是民众的意志。因此，政治天才也是表演天才。拿破仑曾说过，“庄严与滑稽，仅一步之遥”。这句话与其说是出自帝王之口，倒不如说是影帝之言。

又

民众相信大义。但是政治天才往往认为大义一文不值。他们只是为了支配民众而不得不戴上大义的面具。但是，一旦戴上，大义的面具便再也摘不下来了。如果强摘的话，再怎么是政治天才，也会立马死于非命。也就是说，帝王在戴上王冠的同时，也就接受了它的支配。因此，政治天才的悲剧必定也是喜剧。例如，《徒然草》中所写的古代仁和寺的和尚举鼎挥舞的故事，也兼有喜剧的成分。

---

① 佛的正觉，最高开悟的境界。

② 悉达多领悟到，六年的断食苦行并非解脱之道，于是在尼连禅河沐浴，食供养村长的女儿善生的乳糜，恢复了体力。之后，在菩提树下首次开悟。

③ 难陀婆罗，佛的弟子。原本是牧牛人因此也叫牧牛难陀。因与佛祖对话了解了牧牛之道而产生恭敬之心，成为佛祖的弟子。

爱情强于死

“爱情强于死”，是莫泊桑小说中的一句话。但是，普天之下，强于死的并不是只有爱情这一种东西。例如，明知吃掉会死，可还是要去吃伤寒病患者的饼干，就是食欲强于死的证据。如果要一一列举的话，除食欲之外，还有爱国心、宗教里的感激、人道主义精神、利欲、名誉心、犯罪的本能等——无疑，比死强的东西多的是。也就是说，所有热情都比死强得多（当然，对死的热情除外）。并且，爱情在这些热情中是否更胜一筹，也不好贸然下定论。即便是看起来爱情强于死的情况，也不过是法国人的所谓包法利在支配着我们。即包法利夫人的感伤主义——幻想我们自己是传奇中的恋人。

地狱

人生比地狱还似地狱。地狱给予你的痛苦，会基于一定的规则。例如，饿鬼道的痛苦就是，你正准备吃你眼前的饭，但是饭却被火点燃之类的。但是，人生所给予你的痛苦，不仅仅是不幸这么简单。想吃眼前的饭但饭被火点燃的同时，又能轻易地吃到它。不仅如此，你因吃到它而得了肠炎时，又意外地将它消化了。要适应这个没有规则的世界，任谁都无法轻易做到。如果堕入地狱，我一定立马抢过饿鬼的饭来。更何况刀山血池，不出两三年便能习惯，不会感到跋涉之苦。

丑闻

公众爱丑闻。白莲事件[①]、有岛事件[②]、武者小路事件[③]——公众从

---

① 女诗人白莲（柳原前光伯爵的次女烨子），抛弃丈夫福冈煤炭大王伊藤传右卫门，与小她七岁的青年宫崎龙介私奔。当时（大正十年，即 1921 年）此事登了报，轰动一时。

② 有岛武郎于大正十二年（1923 年）六月九日，在轻井泽的别墅中，与波多野秋子殉情。

③ 武者小路实笃于大正十一年（1922 年）与原配夫人房子离婚，与安子夫人再次组建家庭。

这些事件中，获得了无上的满足感。那么，公众为什么爱丑闻，尤其是名人的丑闻呢？古尔蒙[1]对这个问题做出了回答。——“因为这样一来，隐藏的自己的丑闻，好像也变得理所当然。”

古尔蒙的回答一语中的。但是，并不完全如此。对于连丑闻都没有的俗人来说，在所有名人的丑闻中，能找到为自己的懦弱辩护的完美武器。同时，为他们那实际并不存在的优越感找到了最好的基石。“我没有白莲女士那样的美貌，但比她贞洁。”“我不如有岛先生那般有才，但比他识时务。”“我不如武者小路先生……”——公众这么说过之后，便像猪一般幸福地熟睡过去了吧。

又

天才的另一面是具备能明目张胆地制造丑闻的才能。

舆论

舆论常常是私刑，而私刑常常是娱乐，即便不用手枪而用新闻报道来取代它。

又

舆论存在的价值，仅仅在于给予人们蹂躏舆论的乐趣。

敌意

敌意与寒气无异。适度的寒冷使人愉快，并且在保持健康上对任何人都是必要的。

---

①雷·德·古尔蒙（1858—1915），法国诗人、哲学家、文明批评家。这句话是“Penseesinedites（反话）”。

乌托邦

之所以没有完美的乌托邦，是基于如下原因——如果人性无法改变的话，完美的乌托邦就不可能出现。而如果人性改变的话，原本认为的完美乌托邦立马便变得不完美了。

危险思想

所谓危险思想，就是企图将常识付诸实践的思想。

恶

具有艺术气质的青年，总是比别人晚发现“人性之恶”。

二宫尊德

我记得，小学课本曾对二宫尊德的少年时代大书特书。上面写着，出身贫苦人家的尊德，白天在地里干农活儿，晚上做草鞋，一边像大人一样劳动，一边勤勉地自学。这与所有的励志故事一样——即与所有通俗小说一样，容易使人感动。其实，当时不满十五岁的我，在被尊德的志气感动的同时，也为自己没能生在贫苦人家感到不幸。

但是，这个励志故事，在给尊德带来名誉的同时，却给尊德的父母招致恶名。他们丝毫不为尊德的教育提供便利。不，甚至可以说，他们给尊德的，只有阻碍。从父母的责任上来看，这显然是耻辱。但是我们的父母和老师们，却天真地忘了这一事实。尊德的父母酗酒也好赌博也罢。我们关注的只有尊德，只有无论遇到什么困难都不放弃自学的尊德。我们少年就要像尊德一样培养勇敢的志向。

我惊叹于他们的利己主义。原来，对于他们而言，像尊德那样身兼男佣的少年就是好儿子。不仅如此，之后名声大噪，为父母赢得了脸面，简直是好到不能再好的儿子了。但是，十五岁的我，为尊德的志向感动的同时，也为自己没能生在尊德那样的贫苦人家深感不幸，像是已被锁链锁住的奴隶期盼着一根更粗的铁链。

奴隶

所谓废除奴隶制，只是废除奴隶意识而已。我们的社会如果没有奴隶，恐怕一日都难保安全。就连柏拉图的共和国里也有奴隶的存在，这也并非偶然。

又

把暴君叫作暴君是很危险的。但，如今将奴隶叫作奴隶是更加危险的事儿。

悲剧

悲剧是斗胆去做自己感到羞耻的事儿。因此，千万人身上都可能发生的悲剧，起到的是排泄的作用。

强弱

强者是不怕敌人而怕朋友的人。一拳将敌人打倒在地，对他们来说是无关痛痒的事儿。但是如若无意间伤害了朋友，他们便会感到孩子般的恐惧。

弱者是不怕朋友而怕敌人的人。因此，他们到处都能发现虚构的敌人。

S·M[①] 的智慧

这是我的朋友 S·M 对我说的话。

辩证法的功绩——让所有东西看起来都很滑稽。

少女——去到哪里都是清冽的浅滩。

早教——唔，不是坏事。让人还在幼儿园的时候，就可以不用

① 即室生犀星，日本诗人、小说家。

承担任何责任地知道智慧的悲哀。

追忆——早已完成的遥远地平线上的风景画。

女人——按照玛丽·斯托普斯[①]夫人的说法，女人是贞洁的动物，至少每两周会对丈夫产生一次情欲。

少年时代——少年时代的犹豫是对全宇宙的傲慢。

艰难困苦，玉汝于成——如果艰难困苦才能使你成为美玉的话，那么思维缜密的男子是不可能成为玉的。

我们究竟应该怎样生活？——多少保留一点儿未知。

社交

所有社交都需要虚伪。如果不添加丝毫虚伪，将我们的真心全部坦露给朋友知己的话，即便是古代的管鲍之交，也不可能不产生裂痕。暂且不论管鲍之交，我们每个人，或多或少都对自己亲密的朋友知己有些憎恶或者是轻蔑吧。但，憎恶在利害面前，也会收起锋芒。并且轻蔑使人日渐泰然自若地吐露虚伪。因此，为了能与我们的朋友知己亲密地交往，必须互相之间具有利害关系，并且相互轻蔑。当然，这对任何人而言都是极其困难的条件。否则，我们早就成了富有礼节的君子，世界也早就成为和平的黄金时代了。

琐事

要想人生幸福，就必须爱上日常的琐事。云之光芒、竹之摇曳、雀群升起、行人红颜——要从一切日常琐事中尝出无上的甘甜。

但是要想人生幸福，爱上琐事的同时就不得不为琐事所苦。跳入庭前古池的蛙想必打破了百年的忧愁，可是，跳出古池的蛙又带

---

① 玛丽·斯托普斯，英国人。与美国的玛格丽特·桑格夫人一起，发起了节育运动。

来了百年的忧愁。或者说，芭蕉[①]的一生既是享乐的一生，任谁看来，却又是受苦的一生。

要想人生幸福，就必须为日常琐事所苦。云之光芒、竹之摇曳、雀群升起、行人红颜——要从这一切的琐事中感受到如同坠入十八层地狱般的苦痛。

神

在神的所有属性中，最值得同情的是，神不能自杀。

又

我们发现了谩骂神的无数理由。但，不幸的是，日本人还没有相信全能的神到认为它值得谩骂的程度。

民众

民众是稳健的保守主义者。制度、思想、艺术、宗教——为了得到民众的爱戴，无论什么都要披上上个时代的古色。民众艺术家不被民众所喜爱，可能未必是他们本身的罪过。

又

发现民众的愚钝并不值得骄傲。但是，发现我们自身就是民众的一员，这一点值得骄傲。

又

古人以愚弄民众作为治国之道。这恰好使得民众愚昧至极或聪明至极。

---

① 日本著名的俳句大师松尾芭蕉，有名句“古池塘，青蛙跳入水声响”。

契诃夫的话

契诃夫在其手记中论述了男女的差别——“女人随着年龄增长，越来越做女人该做的事儿；男人随着年龄增长，离女人越来越远”。

但是，契诃夫这句话等于是说，男女随着年龄的增长，都放弃了与异性的交往。这是三岁小孩都知道的事儿。这句话与其说是写出了男女之间的差别，不如说是道明了男女之间的无差别。

服装

至少，女人的服装是女人自身的一部分。启吉之所以没有被诱惑，是因为受道德观念的束缚。但是，诱惑他的女人穿着他妻子的衣服。如果没有穿着他妻子的衣服，可能启吉也不可能这么轻易地逃出诱惑吧。

注：详见菊池宽《启吉的诱惑》。

处女崇拜

我们为了选择处女做妻子，重复了多少次可笑的失败啊。是时候摒弃这种处女崇拜了。

又

处女崇拜始自知道什么是处女之后。也就是说，较之直率的感情，人们更加注重零碎的知识。因此，我们必须说处女崇拜者，是恋爱上的玄学者。一切处女崇拜者看起来都非常严肃，这并非偶然。

又

当然，对处女特征的崇拜并非处女崇拜。将这两个词视为同义，恐怕是小看了女人的表演才能。

礼仪

一个女学生曾向我的朋友问起这样的事儿。

"接吻的时候，到底是应该闭着眼睛呢，还是应该睁着眼睛呢？"

所有女校的课程当中，都没有关于恋爱的礼仪，我与这位女学生一样，对此深表遗憾。

贝原益轩[①]

我小学时曾学习过贝原益轩的逸事。益轩曾与一位书生同乘一条船。书生看起来对自己的才能自视甚高，滔滔不绝地谈论着古今的学艺。但是，益轩一言不发，只是静静地倾听着。这时，船靠岸了。按照当时的惯例，船客们下船时要互相通报自己的姓名。这时，书生才知对方是益轩。于是在这一代儒学大师的面前羞愧地对自己刚才的无礼表示抱歉。

当时的我，从这件逸事中发现了谦让的美德。至少我为这个发现做了努力。但是至今我没能从这个故事中找到半点教训。这件逸事现在多少还能引起我的兴趣，是基于以下的思考。

一、始终沉默不语的益轩的轻蔑是何等辛辣！

二、为书生的羞耻而喝彩的同船的乘客是多么恶俗！

三、益轩所不知道的新时代的精神，在书生的高谈阔论中是多么令人鼓舞！

一种辩护

某位新时代的评论家，在解释"蝟集"的含义时，使用了成语"门可罗雀"。"门可罗雀"这一成语是由中国人创造的。日本人使用时，不一定非要沿袭中国人的用法。如果可以通用的话，比如，"她的笑

---

① 贝原益轩（1630—1714），儒家学者，用通俗的文章讲述厚生之道，著作有《养生训》《慎思录》。

容门可罗雀”，这样的形容也是可以的。

如果可以通用的话——一切都取决于这不可思议的“通用”二字。例如，“私小说”[①]不也是这样吗？Ich-Roman是指使用第一人称叙述的小说，里面的“私”不一定就是作者本人。但是，日本的“私”小说里，“私”指的就是作者本人。不，有时小说内容被看作作者本人的阅历，所以就连以第三人称记叙的小说也可以被称作“私小说”。这当然是完全抛弃了德国人——或者说是全部西方人用法的新例子。但是，全能的“通用”赋予了这个新例子以生命。“门可罗雀”这一成语或许也会像这样产生出令人意外的新例子。

因此，这位评论家并不是缺乏学识，只是有点急于追求时代潮流之外的新例子了。这位评论家所受到的非议——总之一切先觉者都必须甘于薄命。

限制

天才也会被他们所难于逾越的限制所束缚。发现这种限制，多少会给人些许寂寥。但是，这份寂寥在不知不觉间又会生出一种亲切。那感觉正如明白了竹是竹，常青藤是常青藤一样。

火星

问火星上有没有居民，无非是在问火星上有没有与我们一样有五官感觉的居民。然而生命并不一定具有像我们一样有五感这个条件。如果火星上的居民是超越我们的五感的存在，那么他们今夜可能随染黄法国梧桐叶子的秋风来到银座。

---

①私小说又叫自我小说，是二十世纪日本文学的一种特有体裁，有别于纯正的本格小说。私小说的特点为取决于作者自身经验，采取自我暴露的叙述法，自曝支配者的卑贱的心理景象，是一种写实主义的风格，成为日本近代文学的主流。

布朗基[1]的梦

宇宙无限大。但是，构成宇宙的不过六十余种元素。这些元素的组合方法就算再多，也是有限的。因此，要想利用这些元素创造出无限大的宇宙，除了要尝试所有的组合之外，还要将这所有的组合方式无限重复。那么，我们所生活的地球——这些组合之一的地球，也不仅仅是太阳系的一颗行星，而是无限存在的。这个地球上的拿破仑在马伦哥战役[2]中大获全胜。但是，在茫茫太空中漂浮着的另一颗地球上的拿破仑，在马伦哥战役中一败涂地也未可知……

这便是六十七岁的布朗基所梦想的宇宙观。现在不去论这观点的正误。只是，当六十七岁的布朗基在监狱中将这一梦想诉诸笔端时，想必他已经对所有的革命感到了绝望。这件事至今仍向我们的内心深处渗透着寂寞。梦想已从大地上消失，要想寻求安慰，只能将梦想移往亿万公里外的天上——那悬浮在宇宙之夜中闪闪发光的第二地球上了。

庸才

庸才的作品即便是大作，也必然像没有窗户的房间，无法从中展望人生。

机智

机智是缺乏三段论法的思想，他们所谓的“思想”是缺乏思想的三段论。

---

① 路易·奥古斯特·布朗基（1805—1881），法国社会主义者。认为不需考虑社会的物质条件、大众运动，仅凭少数者的阴谋便可以完成革命，是一位空想社会主义者，一生中有四十年在监狱中度过。

② 马伦哥战役，1800年拿破仑结束对奥地利帝国战争的一场大战。这次胜利挽救了巴黎的政治危机，确立了拿破仑的独裁地位。

又

对机智的厌恶根植于人类的疲劳。

政治家

比起我们这些门外汉，政治家扬扬自得的政治上的知识，不过是一些琐碎的知识，都是一些某党的党魁戴什么帽子之类的知识。

又

所谓“理发店政治家”便是没有这种知识的政治家。要论见识的话，他们不一定比政治家差。并且，他们在富有超越利害的热情这一点上比政治家要高尚得多。

事实

可是，琐碎的知识，恰恰是民众所喜爱的。他们最想了解的并不是什么是爱，而是基督是否是私生子。

武士修行

我一向认为，武士修行就是与八方剑客交手，以磨炼自己的武艺。但是现在看来，武士修行其实就是为了确认，天下没有比自己更强的人了——《宫本武藏传》读后感。

雨果

遮蔽整个法国的一片面包。而且是无论怎么看，都是黄油都抹得不充分的面包。

陀思妥耶夫斯基

陀思妥耶夫斯基的小说充满了所有的戏谑。而且，这些戏谑的大部分足以使恶魔抑郁。

福楼拜

福楼拜教会我，也有美好的无聊存在。

莫泊桑

莫泊桑似冰，有时也似冰糖。

爱伦·坡

爱伦·坡在创作狮身人面像之前研究过解剖学。他的后代在这项研究里发现了令人震惊的秘密。

一位资本家的理论

艺术家卖艺术，我卖蟹罐头，本质上没有什么不同。但艺术家一提起艺术，便自以为是天下的宝藏。如果我也东施效颦的话，我应该为我那只值六十钱的罐头感到骄傲。不肖行年六十一，还从未像艺术家那样自高自大到忘乎所以的地步。

批评学

——致佐佐木茂索君

一个天朗气清的上午。化身博士的 Mephistopheles 在某大学的教室里讲授批评学。不过他讲的并不是康德的批判之类，只是讲如何批评小说和戏剧的学问。

“各位同学，我想上周我讲的内容大家都消化了吧，那么今天我们就继续往下，讲一下《半肯定论法》。什么是‘半肯定论法’呢？顾名思义，即将某作品的艺术价值一半肯定的论法。但是这里的‘一半’应是‘不好的一半’，肯定‘更好的一半’，在本论法中是极其危险的。

“比如，将此论法用于日本的樱花上。樱花的‘更好的一半’是它美丽的色彩和形状。但是，要用此论法，我们不能去肯定它‘更好的一半’，而要去肯定它‘不好的一半’——即去肯定樱花的气味。即下这样的结论‘气味确实有，但，仅此而已’。如果万一没有肯定它‘不好的一半’，而肯定了它‘更好的一半’，会出现怎样的破绽呢？

“‘色彩和形状的确美，但，仅此而已。’——这样的话，丝毫没有贬低樱花。

“当然，批评学的核心在于，如何贬低一篇小说或是一出戏曲。说到这里已经无须再赘述。

“那么，区分‘更好的一半’和‘不好的一半’的标准是什么呢？要想解决这个问题，就必须追根溯源回到我们常说的价值论上来。价值并不像从古至今人们深信的那样存在于作品里，而是存在于鉴赏作品的我们的心中。所以，区分‘更好的一半’和‘不好的一半’必须以我们的心作为标准——或者说一个时代的民众的喜好作为标准。

“比如，今日之民众不喜欢日本风的花草。那么日本风的花草就是不好的东西。今日之民众喜欢巴西咖啡，那么巴西咖啡就是好的东西。一件作品的艺术价值的‘更好的一半’和‘不好的一半’当然也应该像所举的例子这样来区分。

“不用这个标准，而用真、善、美之类的其他标准来区分是最为滑稽的时代错误。各位同学一定要像扔掉发红的麦秸草帽那样扔掉旧时代。善恶不会超越好恶，好恶即善恶。爱憎即善恶——这不仅限于‘半肯定论法’，对于有志于搞批评学的各位来说，这一点是万万不能忘记的。

“‘半肯定论法’大概就是这样。最后我想提醒大家的一点是‘仅此而已’这句话。这句‘仅此而已’是一定要用上的。首先，说了‘仅此而已’，即是对‘此’也就是‘不好的一半’的肯定。但是，同时，它也否定了除这个‘此’以外的东西。也就是说，‘仅此而已’这句话是颇富有一扬一抑之趣的。但是，更微妙的是第三，隐约中似乎否定了‘此’的艺术价值。当然，虽说是否定了，但是为何否定却没有做丝毫说明。只是言外之意包含着否定——这便是这句‘仅此而已’最大的特色。明显而又隐晦，肯定却又否定，说的正是‘仅此而已’的含义。

“我认为，这个‘半肯定论法’比‘全否定论法’或者‘缘木求鱼论法’更容易博取信任。上周我们讲过‘全否定论法’或者‘缘木求鱼论法’，慎重起见我们再来大致地过一遍。‘全否定论法’即从艺术价值上，全盘否定某一作品的艺术价值。‘缘木求鱼论法’便是后一种情况。例如，为否定某一悲剧的艺术价值，从悲惨、不快和忧郁上对它进行批评；还可以从反面来骂它的幸福、愉快和轻松。‘全否定论法’或者‘缘木求鱼论法’诚然痛快淋漓，但也容易招致偏颇的嫌疑。但是‘半肯定论法’会认可一件作品一半的艺术价值，故很容易被看成是公平的。

“顺便说一下，课后练习的题目是佐佐木茂索的新书《春天的外套》，下周上课之前请用‘半肯定论法’对佐佐木的作品加以分析。（这时，一位年轻的学生提问说：老师，不能用‘全否定论法’来分析吗？）不行，‘全否定论法’至少目前先不要用。佐佐木先生是著名的新进作家，还是用‘半肯定论法’来分析吧。”

一周后，得最高分的答案如下：“写得很巧妙，但是，仅此而已。”

父母子女

父母到底是否适合养育子女，这是个疑问。诚然，牛马也是被父母养大的。但，以自然规律之名为这种旧习俗辩护，确实是父母的固执。如果能以自然规律之名为任何旧习俗辩护的话，首先要为未开化民族的掠夺婚姻辩护。

又

母亲对孩子的爱，是最没有利己心的爱。但是，没有利己心的爱并不一定是最适合养育子女的。这种爱给孩子带来的影响是——至少一大半的影响是，要么使孩子成为暴君，要么使孩子成为懦夫。

又

人生悲剧的第一幕是从成为父母子女开始。古往今来，有多少父母重复过这句话——“我终究是个失败者，但是我的孩子，一定要成功啊。”

可能

我们并不能做我们想做的事儿，只是做着我们能做的事儿。不仅仅是我们个人，我们的社会也是这样的。或许，神也无法完全按照自己的想法来创造这个世界吧。

摩尔的话

乔治·摩尔[①]在《写给死去的我的备忘录》中这样写道：“伟大的画家对自己署名的位置了如指掌，而且决不会在同一地方署第二次名。”

当然，“决不会在同一地方署第二次名”是任何画家都不可能做到的。但也不必去指责这点。让我感到意外的是“伟大的画家对自己署名的位置了如指掌”这句话。东方画家向来重视落款的位置，特意强调注意落款位置是陈词滥调。而摩尔却特地将这句话写下来，让我不禁感叹东西方的差别。

---

①乔治·摩尔（1852—1933），英国诗人、小说家。受佐拉的影响，是自然主义的代表作家，具有神秘的颓废倾向。

大作

将大作与杰作混为一谈，的确是鉴赏上的物质主义。大作不过是工钱上的问题。比起米开朗琪罗的壁画《最后的审判》，我更爱早已年过六十的伦勃朗的自画像。

我喜爱的作品

我喜爱的作品——文艺作品说白了是可以感受到作者其人的作品。人——一个具备头脑、心脏和感官功能的人。可惜，大多数作家都是缺少其中一项的残疾人。（当然，有时也确实有伟大的残疾人，不得不为之钦佩。）

观《虹霓关》有感

不是男人追求女人，而是女人追求男人。萧伯纳在《人与超人》中将这一事实写进了戏剧。但，萧伯纳不是第一个将这一事实写成戏剧的人。我在看了梅兰芳的京剧《虹霓关》之后，得知中国也有早已注意到这一事实的戏剧家。不仅如此，在《戏考》[①]里，除《虹霓关》之外，还有许多女子运用孙武的兵器和剑戟来追求男人的故事。

《董家山》里的女主角金莲，《辕门斩子》里的女主角桂英，《双锁山》里的女主角金定等，个顶个儿都是这样的女中豪杰。《马上缘》里的女主角梨花，不仅在马上俘获了少年将军的心，还逼着他连句对不起都没跟妻子说，就与自己成了婚。胡适先生曾对我说，“除《四进士》[②]之外，我认为所有的京剧都是没有价值的”。但是这些京剧是极富哲理的。在这个价值面前，哲学家胡适先生难道就不能把自己的雷霆之怒缓和一下吗？

---

① 由王大错撰写的考证戏曲的书。

② 围绕杨素贞展开的四个进士的故事。

经验

只依靠经验办事，就如同不考虑消化能力只依靠食物来维持身体运转一样。反之，没有经验而完全依靠能力，就如同没有食物只靠消化能力一样。

阿喀琉斯

据说希腊的英雄阿喀琉斯，只有脚后跟不是不死之身。也就是说，要想了解阿喀琉斯，必须了解他的脚后跟。

艺术家的幸福

最幸福的艺术家是晚年得名的艺术家。由这一点来看，国木田独步未必是不幸的作家。

老好人

女人常常不愿意找老好人做丈夫。但是男人常常愿意找老好人做朋友。

又

老好人好似天上的神。首先，可以对他们说愉快的事儿。其次，也可以对他们倾诉不满的事儿。第三，他们可有可无。

罪

“憎恶他所犯下的罪，而不憎恶他那个人。”践行起来未必有那么难。大多数孩子向自己的父母老老实实地践行了这条格言。

桃李

“桃李不言，下自成蹊。”此话确实是智者之言。其实主要不是“桃李不言”，而是“桃李若不言”。

伟大

民众喜爱被人格和事业的伟大所笼络。但是有史以来都不喜欢直面伟大。

广告

《侏儒警语》十二月刊上的《致佐佐木茂索君》，并不是贬低佐佐木君的。是在嘲讽不认可佐佐木君的批评家。将这件事情写出来广而告之，似乎有蔑视《文艺春秋》读者的智商之嫌。但是，听说确实有批评家认为那是对佐佐木君的贬低，我甚至还听说这位评论家的追随者还不少。因此特地在此广而告之。我本不想公之于众，这其实是前辈里见弴[1]君煽动我的结果。如果有对这则广告感到愤慨的读者，请去责怪里见弴君吧。

《侏儒警语》作者

补充广告

上则广告中，“请去责怪里见弴君吧”，自然是我开的玩笑。其实大家还是不责怪他的好。我实在是太敬佩以某位评论家为代表的一群天才了，以至于我多少有些神经质了。

同上

再补充广告

上面的补充广告中，“敬佩以某位评论家为代表的一群天才”自然是反话。

同上

① 里见弴（1888—1983），日本作家，作家有岛武郎的弟弟。里见弴是他的笔名。

艺术

王世贞[1]曾云，画力三百年，书力五百年，文章之力千古无穷。但是从敦煌出土的文物来看，书画历经五百年之后，仍然保有力量。不仅如此，文章之力是否千古无穷也是个疑问。观念不可能超脱于时代潮流之外。我们的祖先，在“神”这个词里看到了着衣冠束带的人物，而我们在同样的词里看到的是长须飘飘的西方人。不仅限于神，这在任何事情上都可能发生。

又

我记得我曾看过东洲斋写乐[2]的肖像画。那画中的人物，在胸前打开一把扇子，扇面上画着绿色的光琳派[3]画作。那无疑是为了强调整体的色彩效果。但，拿放大镜去看时，发现那绿色实际是泛着铜绿的金色。我的确从写乐的这幅画中感受到了美。但是我所看到的美与写乐所捕捉到的美不同，这也是事实。我认为同样的变化，在文章中也必然会出现。

又

艺术与女人相同。一定要笼罩在一个时代的精神氛围或是潮流之中方能看起来最美。

又

不仅如此，艺术在空间上也带有桎梏。要想爱上一国民众的艺术，就必须了解一国民众的生活。对于在东禅寺遭到流浪武士袭击

① 王世贞（1526—1590），中国江苏人，以文学上的复古为理想，留下了许多论文。

② 东洲斋写乐，江户时代中期浮世绘画家，留有140多种演员头像画和少数大相扑的画像。

③ 光琳派，江户中期由画家尾形光琳确立的绘画流派。

的英国特命全权公使奥尔柯克而言，日本的音乐净是噪音吧。他写的《驻日三年》中有这么一节——“我们在上坡途中，听到了类似夜莺的啼叫之声。据说是日本人在教莺唱歌。若果真如此，倒也不值得惊讶。日本人本就不知道音乐为何物。”（第二卷第二十九章）

天才

天才与我们仅一步之遥。为了理解这仅差的一步，必须懂得一百里的一半是九十九里这一超数学。

又

天才与我们仅一步之遥。同时代的人不知道这一步有千里。后代人又全然不解这千里仅有一步。因此，同时代的人扼杀天才，而后代的人又在天才灵前焚香。

又

很难相信民众吝于承认天才，但其承认方式往往颇为滑稽。

又

天才的悲剧在于获得“小巧玲珑且舒适的名誉”。

又

耶稣：“我虽吹笛，汝等不舞。”
他们：“我等虽舞，汝不满足。”

又

将互为一体的两种观念的临界点细细玩味的话，大家会发现衍生出了许多谎言。因此，许多成语其实说的是一个问题。

又

给予我们的社会合理外衣的，实际上难道不是不合理——过于不合理的原因造成的吗？

列宁

最让我震惊的是，列宁是一位理所应当的英雄。

赌博

与偶然，即与神去搏斗常常充满了神秘的威严。赌博者亦不例外。

又

从古至今热衷于赌博的人没有厌世主义者，这件事暗示的含义与赌博的人生何其相似。

又

法律之所以禁止赌博，并不是因为赌博所造成的财富分配是错误的，而是因为它将经济兴趣化是不对的。

怀疑主义

怀疑主义是建立在一种信念之上的——一种不怀疑可疑的信念之上的。诚然，那可能有些矛盾。但是怀疑主义同时也对丝毫不建立在信念之上的哲学产生怀疑。

正直

如果正直，我们就会发现任何人都可能做到正直。因此我们不禁会对正直感到不安。

虚伪

我认识一个说谎的人，他比任何人都幸福。但是，因为他太善于说谎，以至于他说真话时听起来也像是谎言。只有这一点，在任何人看来，都是他的悲剧。

又

倒不如说，我也像所有的艺术家一样善于说谎。但是，他还是略胜一筹。其实，对于一年前的谎言，他能像五分钟前的谎言一样牢记于心。

又

我不幸地知道：有时，真相只能依靠谎言说出。

诸位

诸位担心青年会为艺术而堕落。但是请放心吧，他们并不像诸位那么容易堕落。

又

诸位担心艺术会毒害国民。但是请放心吧，至少，毒害诸位的绝对不可能是艺术。艺术是不可能去毒害两千年来都没能理解它的魅力的诸位的。

忍气吞声

忍气吞声是浪漫的卑躬屈膝。

企图

做成一件事未必困难，但是想要做一件事是困难的，特别是当你想做成一件事时。

又

要想知道他们企图的大小，要从他们已经做成的事儿来分析他们将要做的事儿。

士兵

理想的士兵必须绝对服从长官的命令。绝对服从则绝对不能加以批评。也就是说，理想的士兵首先要失去理性。

又

理想的士兵必须绝对服从长官的命令。绝对服从是绝对的不负责任。也就是说，理想的士兵必须首先抛弃责任感。

军事教育

所谓军事教育，毕竟只是教授军事用语的知识。其他知识或训练并不是等军事教育之后才能获得的。现如今的海陆军校，机械学、物理学、应用化学、语言学等自不必说，连剑道、柔道、游泳等课程都专门聘请专家来讲解。思考得再深入一点，军事用语与学术用语不同，大部分都是通俗用语。那么，军事教育实际上等于什么都没有教。实际上什么都没有教的东西其利害得失自然也就不会成为问题了。

勤俭尚武

没有比“勤俭尚武”更没有意义的成语了。尚武是国际性的奢侈。现在列强不是为了军备在耗费巨资吗？如果“勤俭尚武”不是痴人说梦的话，那么“勤俭放荡”也可以成为一个通用成语了。

日本人

认为日本人两千年来都忠君王孝父母的想法，无异于认为猿田彦命[1]也涂抹发蜡一般可笑。也该到了彻底还原真实的历史的时候了。

倭寇

倭寇显示了我们日本人有足够的与列强为伍的能力。即使在偷盗、杀人、奸淫等方面，绝对不亚于来找寻“黄金之岛”的西班牙人、葡萄牙人、荷兰人和英国人。

徒然草

我曾数次说过——“你喜欢《徒然草》吧。”但是，遗憾的是，我根本没有读过《徒然草》。说句实话，我实在是不理解《徒然草》为何这么有名。虽然我承认，它作为中学教科书是很合适的。

征兆

恋爱的征兆之一是，你会去想她过去爱过几个男人，或者她爱过什么样的男人，然后对那想象中的男人感到嫉妒。

又

恋爱的另一个征兆是，对发现与她相似的脸极其敏感。

恋爱与死

恋爱使人想到死或许有进化论的依据。蜘蛛、蜜蜂在交配之后，

---

①猿田彦命，古日本神之一，天狗形象来源，因曾于天之八衢迎接天孙降临而被视为旅途之神。

雄性会立马被雌性刺死。我在观看意大利的演员巡回演出的歌剧《卡门》时，总觉得卡门的一举一动像极了蜜蜂。

替身

我们因为爱她，常常将其他女人当作她的替身。陷入这种境地，绝不仅限于她们将我们拒绝的情况。我们有时出于怯懦，有时出于对美的追求，让某一女人成为我们这残酷的自我安慰的对象。

结婚

结婚对调节性欲是十分有效的。但是，对调节恋爱是无效的。

又

他在二十多岁结婚后，再也没有恋爱过。这是何等的庸俗啊！

忙碌

把我们从恋爱中拯救出来的，与其说是理性，不如说是忙碌。要想拥有完美的恋爱，首先需要的就是时间。维特、罗密欧、特里斯坦——我们不妨看看自古以来的恋人，无一例外都是闲人。

男子

男子向来看重工作胜于恋爱。如果对这一事实保持怀疑的话，不妨读读巴尔扎克的信。巴尔扎克在致汉斯卡伯爵夫人的信中写道，“这封信若计稿费的话，已经超过不少法郎了”。

礼节

过去经常出入我家的胜过男人的女梳头匠有一个女儿。至今我仍记得那是一个脸色苍白的十二三岁的小姑娘。女梳头匠对女儿礼节上的教导十分严苛，尤其是每次女儿睡觉落枕，她便要一番责骂。

但，最近偶然听说，那女孩在关东大地震前便当了艺伎。我在听说这件事时，感到些许悲哀，但又不由得露出微笑。想必她当了艺伎之后，也谨遵母亲大人的教导，睡觉不敢落枕吧。

自由

没有人不追求自由。但是，那只是表象。其实人们在心底，一点儿都不想要自由。证据就是，就连杀人不眨眼的流氓也说自己是为了这个国家的完美无缺而杀了某人。但是自由是指我们的行为不受到任何的束缚。也就是说，对神、道德、社会习惯丝毫不负连带责任。

又

自由似山顶的空气。对于弱者同样是吃不消的。

又

眺望自由正如目睹神的容颜。

又

自由主义、自由恋爱、自由贸易——不幸的是，无论哪一种自由，杯中都掺进了大量的水，且多半是不流动的死水。

言行一致

要想获得言行一致的美名，首先要擅长为自己辩护。

方便

虽有不欺一人的圣贤，但无不欺天下的圣贤。佛家所谓的善巧方便[1]，不过是精神上的权谋。

艺术至上主义

从古至今，狂热的艺术至上主义者，大多是艺术上的失败者。就像狂热的国家主义者大多是亡国之民一样。我们无论任何人，都不会去追求我们已有的东西。

唯物史观

如果所有的小说家都必须立足于马克思的唯物史观来书写人生的话，那么所有诗人也必须立足于哥白尼的地动学说来歌颂日月山川。但是，用“地球旋转几度几分”来代替“太阳西沉”，恐怕不算优美。

小说

真实的小说不单是事情的发展本身缺乏偶然性，恐怕放在真实的人生里也缺乏偶然性。

文章

文章中的辞藻，必须比字典里的词语更具美感。

又

他们都像樗牛[2]那样自称“文如其人”。但其实他们内心想的是“人如其文”。

---

① 善巧方便（佛教语），佛和菩提根据众生的能力和素质，采取适宜的方法进行教导。

② 高山樗牛（1871—1902），日本评论家。

女人的脸

女人被热情驱使，会呈现出好似少女的脸庞。特别是，那热情，丝毫不妨碍她们对遮阳伞的热情。

处世智慧

灭火没有纵火那般容易。掌握这种处世智慧的代表人物是《漂亮朋友》里的主人公。他在刚开始谈恋爱的时候，就已经在想分手的事儿了。

又

如果单纯处世的话，不够热情也没关系。相比之下，更加危险的是不够冷淡。

恒产

无恒产者无恒心[1]，是两千年前的事儿了。在今日，有恒产者反倒无恒心。

他们

我对他们夫妇没有恋爱就能拥抱在一起生活惊叹不已。但，不知何故，他们却对一堆恋人相拥而死感到惊叹。

作家创造的语言

“装腔作势”“高等游民”“露恶狂”“司空见惯”等词在文坛开始使用，最早始于夏目先生。像这样由作家创造出来的词汇在夏目先生之后也有很多。久米正雄君创造的“微微苦笑”“刚硬怯弱”就

---

① 语出《孟子》，无一定的财产与事业者无确定的善心。

是其中的典型。还有“等、等、等”的用法是宇野浩二君的创造。我们并非常常故意脱帽致敬，只是在有意地视对方为敌人、怪物、走狗时才会脱下帽来。因此，在咒骂某一作家的文章中引用那名作家所创造的语言，也并非偶然。

幼儿

我们究竟为何爱幼小的孩子呢？一半的理由是，至少小孩子不会欺骗我们。

又

我们只在面对幼小的孩子时——或是在面对猫狗时，才敢满不在乎地将我们的愚昧公之于众，且不感到羞耻。

池大雅[1]

“大雅是个不拘小节的人。迎娶玉澜[2]为妻时竟不晓夫妻之事，其不谙世事从中可见一斑。”

“大雅娶妻而不知夫妻之道之事，从他与众不同这一点来说，有趣也着实是有趣。但要说他是没有常识、愚蠢至极，也未尝不可。”

正如上方的引文所示，今日的艺术家和美术史家中，仍有人相信这个传言。大雅娶妻或许没有行夫妻之事。但若据此相信大雅不懂夫妻之事，那么他本人一定有很强的性欲，才会认为如果懂得夫妻之事的话是不可能不实施的。

---

① 池大雅（1723—1767），江户时代中期的南宗画家，集日本风格的文人画之大成。

② 玉澜（1727—1784），江户中期女画家，在大雅二十四岁时与其结婚，擅长书画写文。

荻生徂徕[①]

荻生徂徕以嚼着炒豆骂古人为快。虽然我相信他嚼炒豆是因为节俭，但我完全不知他为何要咒骂古人。不过今天来看，咒骂古人确实比咒骂今人来得没有障碍。

作家

写文章最不可缺少的，是对创作的热情。而要使得创作的热情燃烧起来，最不可缺少的，是一定程度的健康。轻视瑞典式体操、素食主义、复方混合酶而想要写文，是没有志向的。

又

想要写文的人，无论他是怎样的城里人，他的内心深处都必须住着一个野蛮人。

又

想要写文的人，若以自己为耻，则是一种罪恶。在他以自己为耻的心灵里，是不可能生出独创的萌芽的。

又

蜈蚣：用脚给我走走看！

蝴蝶：哼，你用翅膀飞一个我看看！

又

气韵乃作家的后脑勺，作家自己看不到。如果硬要去看的话，只能落得个脖子骨折的下场。

---

① 荻生徂徕（1666—1728），儒学家，江湖人。开创了从政治立场来解释儒教、古文献的新阶段。

又

批评家：你只会写上班族的生活吗？

作家：那还有什么人可写的？

又

从古至今的天才，都将帽子挂在我等凡人之手触摸不到的壁钉上。但是，并非没有垫脚台。

又

但是唯独那垫脚台，不知滚去了哪家旧货店。

又

所有作家都具备木匠的一面。但，那并不是耻辱，所有木匠又都具有作家的一面。

又

不仅如此，所有作家又都在开店铺。什么？我的作品卖不出去？那是在没人买的时候，或者是不卖也未尝不可的时候。

又

我有时会这样想：演员和歌手的幸福在于他们不留作品。

（以下为遗稿）

辩护

为自己辩护比为他人辩护更难。

女人

健全的理性在命令："汝，勿近女人！"

可是健全的本能在发出完全相反的命令："汝，勿避女人！"

又

对于我们男人来说，女人就是人生，也是万恶之源。

理性

我蔑视伏尔泰。如果始终保持理性的话，我们会对我们的存在加之满腔的诅咒。但是陶醉于赞美世界的*Candide*[①]的作者是多么幸福！

自然

我们之所以热爱自然——其原因之一是，自然至少不会像我们人类一样充满了嫉妒和欺骗。

处世技巧

最聪明的处世技巧是，既蔑视社会的陋习，但又遵循它活着。

女人崇拜

崇拜"永世的女人"的歌德确实是幸福的。但是，蔑视雌Yahoo[②]的斯威夫特却只能在发疯中死去。这是女性的诅咒吗？还是理性的诅咒？

---

①*Candide*，伏尔泰作品《老实人》。

②Yahoo，斯威夫特的《格列佛游记》中的"马国"里出现的一种酷似人类的狡猾动物。

理性

理性所教会我的，是理性的无力。

命运

命运并非偶然，而是必然。“命运藏在性格中”这句话绝对不是随便来的。

教授

借用医学用语，讲授文艺就应临床。但是他们至今还没触碰人生的脉搏。尤其是，他们声称精通英法的文艺，却不懂生养了他们的祖国的文艺。

智德合一

我们甚至不了解我们自己，更何况将我们所知之事付诸实践。写出《智慧与命运》的梅特林克，对智慧和命运并不了解。

艺术

最困难的艺术是自由地度过一生。这里的“自由”，并不是厚颜无耻的意思。

自由思想家

自由思想家的弱点在于，他们是自由思想家。他们无法像狂热的信徒那样凶猛地去战斗。

宿命

宿命也许是后悔之子。或者后悔是宿命之子。

他的幸福

他的幸福依存于他自身没有教养。同时，他的不幸也是。啊，这是多么无聊啊。

小说家

最好的小说家是“精通人情世故的诗人”。

语言

所有语言都像金钱一样具有两面性。比如，“敏感的”的另一面是“怯弱的”。

一个物质主义者的信条

“我不相信神，但相信神经。”

傻子

傻子总认为除他之外的人都是傻子。

处世的才能

无论如何，“憎恶”是处世的才能之一。

忏悔

古人在神灵面前忏悔，今人在社会面前忏悔。除了傻瓜和无赖，没有人能够不忏悔就忍受社会之苦。

又

但是无论是谁的忏悔，有多少可信，自然又是另当别论。

《新生》读后感

到底有《新生》吗？

托尔斯泰

如果读宾可夫[①]的《托尔斯泰传》的话，就会明白托尔斯泰的《我的忏悔》和《我的宗教》全都是谎言。但是没有比继续说着谎言的托尔斯泰的心更受伤的了。他的谎言，比其他人的真实更加滴着鲜血。

两个悲剧

斯特林堡一生的悲剧是"随意参观"的悲剧。但是，不幸的是，托尔斯泰一生的悲剧是没有"随意参观"。因此，后者比前者更加以悲剧而告终。

斯特林堡

他什么都知道。并且他毫无顾忌地将他知道的一切都揭露出来。什么都无所顾忌地——不，他应该也像我们一样多少有些盘算吧。

又

斯特林堡在《传说》中写道，他对死是否痛苦做过实验，但这种实验并非游戏，同时，他也是一个"想死但没死成的人"。

一位理想主义者

他对自己是现实主义者这一点没有丝毫怀疑。但这终究是理想化的他自己。

---

① 宾可夫（1860—1934），海军将校，后活跃于民众文学领域，托尔斯泰创办的杂志《仲裁者》的经营者。1904年10月，在莫斯科出版大作《托尔斯泰传》。

恐惧

使我们拿起武器的，常常是对敌人的恐惧。而且常常是对并不存在的想象中的敌人的恐惧。

我们

我们都对自己感到可耻，但同时又害怕它们。但是，谁也不敢直截了当地说出这一点。

恋爱

恋爱不过是披着诗的外衣的性欲。至少，没有披着诗的外衣的性欲，不配称之为恋爱。

一个老练的人

他不愧是一个老练的人。他甚至几乎不恋爱，如果不是爆出丑闻的话。

自杀

所有人共通的唯一情感就是对死的恐惧。在道德上谴责自杀，恐怕并非偶然。

又

蒙田对自杀的辩护，包含着许多真理。没有自杀的人并非不想自杀，而是不能自杀。

又

想死的话什么时候都能死。

那你死一个看看！

革命

在革命之上再加革命。那样我们就会比今日更加合理地尝到世间疾苦。

死

迈兰德颇为正确地记述了死亡的魅力。其实，一旦我们因某个契机感受到了死亡的魅力，就再难逃出圈外。不仅如此，像围绕着同心圆一般，一步步地走向死亡。

“伊吕波”短歌

我们生活中不可缺少的智慧，或许都在“伊吕波”短歌里了。

命运

遗传，境遇，偶然——操纵我们命运的，只有这三样东西。自己感到高兴的事儿自个儿偷着乐就得了，如果要对别人的事儿说三道四那就是越界了。

嘲笑者

嘲笑别人的人同时也是害怕被别人嘲笑的人。

某位日本人的话

给我以甜头吧。不然就给我言论自由吧。

像人、再像人的

像人、再像人的人大多确实像个动物。

一位才子

他相信自己即使变成无赖，也不会变成傻子。但是，多少年过去，他不仅完全与无赖不沾边，还一直都是个傻子。

希腊人

将复仇之神置于宙斯之上的希腊人啊，你们早已洞察了一切。

又

但这同时又显示出，我们人类的进步有多么迟缓。

圣经

一个人的智慧比不上整个民族的智慧，只是如果能简洁一些的话。

一个恶魔主义者

他是恶魔主义的诗人。但是，在实际生活中，他只跳出过一次安全地带，仅此一次，便杯弓蛇影了。

一个自杀者

他因琐事而下决心自杀。但是为这点儿小事自杀，给他的自尊心带来沉重的打击。他举起手枪，骄傲地自言自语道——“拿破仑被跳蚤咬了，也会感觉到痒。”

无意识

我们性格上的特点——至少是最显著的特点，超越了我们的意识。

矜持

最让我们感到自豪的是我们没有的东西。举个例子——T的德语说得很溜，但是他的书桌上总是只摆着英语书。

偶像

任何人对破坏偶像都没有异议。与此同时，对将他自己奉为偶像也没有异议。

又

但是并不是所有人成为偶像都能泰然自若。除非他天命就该如此。

天国之民

天国之民首先应没有胃和生殖器。

一个幸福的人

他比任何人都单纯。

自我厌恶

自我厌恶最显著的征兆是，在所有事情中寻找谎言。不，也不一定是这样。并且，在寻找谎言的过程中丝毫感受不到满足。

外表

最怯弱的人看上去往往最勇敢。

人

我们人的特点是会犯神绝对不会犯的错误。

罚

没有比不受罚更痛苦的惩罚了。当然，如果神明保证绝不受罚则另当别论。

罪

在道德和法律范围内的冒险行为——说到底，这就是犯罪。因此，任何犯罪都带有传奇色彩。

我

我没有良心。我只有神经。

又

我经常觉得别人“死了就好了”。这里的别人甚至包括我们的至亲。

又

我经常这么想。——“就如我爱上她时她也爱上我一样，我讨厌她时她也讨厌我就好了。”

又

三十岁之后，我每次刚感觉到恋爱的气息就拼命写抒情诗，在爱情还未深入发展之前就迅速抽身。但这并不是我在道德上的进步，只是我意识到要在腹中稍稍打好算盘而已。

又

无论我多爱的女人，同她交谈一个小时以上我便会感到无聊。

又

我经常说谎。但是，写成文字的暂且不论，出自我口的谎言全都拙劣至极。

又

我对与第三个人共同拥有一个女人并不感到不满。但是不知是幸还是不幸，在第三者还未知道这件事之前，我便对那女人感到了厌恶。

又

我对与第三个人共同拥有一个女人并不感到不满。但有一个条件，要么和那个第三者素不相识，要么那个第三者十分疏远。

又

对于因为爱第三者而背着丈夫偷情的女人，我还是会有爱意。但是对因为爱第三者而不顾孩子的女人，我感到彻头彻尾的厌恶。

又

能让我感伤的，只有天真无邪的儿童。

又

我在三十岁之前爱过一个女人。那女人曾对我说："真对不住你的妻子。"我并没有感到对不起我的妻子。但是，这句话竟不可思议地渗入我的心底。我直率地想："说不定是对不起这个女人呢？"我至今仍只对这个女子怀有柔情。

又

我对金钱十分冷淡，当然是因为我的钱够糊口。

又

我孝敬父母，因为父母都上了年纪。

又

我对两三个朋友，虽然未吐露真情，但也没说过谎。因为他们也没对我说过谎。

人生

即使在革命之上再发生革命，除了“被选中的少数人”，我们的生活还是暗淡的。并且这“被选中的少数人”也不过是“傻子或无赖”的别名罢了。

民众

莎士比亚、歌德、李白、近松门左卫门，都是会死的。但是艺术定会在民众的心中留下种子。我于大正十二年（1923 年）写下了“宁为玉碎，不为瓦全”，这一信念至今仍未动摇。

又

请听下落的铁锤的节奏。只要那节奏一直存在，艺术就永远不会消亡。（改年号为昭和的第一天）

又

当然，我是失败的。但是，造我之物必定还会造出别人来。一棵树的枯萎只是一个很小的问题，只要孕育着无数种子的大地还存在。（同上）

某夜随感

睡觉比死舒服。至少比死容易。（改年号为昭和的第二天）

《侏儒警语》补辑

神秘主义

神秘主义并未因文明而衰退。文明反倒给了神秘主义以长足的进步。

古人深信我们的祖先是亚当。从这个意义上来讲，他们相信《创世记》。今人就连中学生都相信我们的祖先是猴子。他们相信达尔文的著作。也就是说，在相信书本这一点上，古人和今人都一样。至少上古之人看了《创世记》，但是今人，除去少数几个专家之外，大家连达尔文的书看都不看，就大言不惭地相信他的学说。相信猴子是祖先，并不比相信耶和华吹的土——亚当是祖先更为光彩。但是今人对此都深信不疑。

不仅仅是进化论，就连地球是圆的这一点，也只有少数人知道。大多数人也只是听别人说，便一味地相信是圆的罢了。要问他为什么是圆的，上至首相下至农民工，没有一个人答得上来。

再举一例，今人不像古人那样相信幽灵的存在。但是，到现在还常常听说某某某见到了幽灵。那么为什么不相信这话呢？因为他们认为看到幽灵的人是受到了迷信束缚。那么为什么会被迷信所束缚呢？因为他们看到了幽灵。今人的论法不过是所谓的循环论法罢了。

何况，更加深入的问题完全立足于信念之上。我们并不去倾听理性的声音，只对某种超越理性的声音侧耳倾听。“某种”——对这个“某种”，我甚至找不到合适的名称。如果硬要为它取一个名字的话，只能用玫瑰、鱼、蜡烛等象征手法。就拿我们的帽子举例。正如我们不戴羽毛帽，而戴礼帽或软帽一样，我们相信我们的祖先是猴子，我们相信幽灵不存在，我们相信地球是圆的。如果认为这是谎言的话，想想爱因斯坦博士和他的相对论在日本的受欢迎程度。这是一种神秘主义的祭典，是不可解释的庄严的仪式。为何对之如此狂热，就连"改造社"的社长山本先生都不知道。

那么，伟大的神秘主义者既不是斯威登堡①，也不是伯麦②，而是我们文明的民众。同时，我们的信念与三越的装饰窗别无二致。支配着我们的信念的，常常是虚无缥缈的潮流，或者是近似神意的好恶。其实，想想西施和龙阳君的祖先也是猴子，或许可以给我们带来些许安慰。

某自卫团员的话

来吧，去自卫队上班吧。今夜，星辰在树木梢头投下冷冷的光。微风徐徐，就躺在这把长藤椅上，点上一支马尼拉雪茄，彻夜轻松地值守吧。口渴了就喝点儿水壶里的威士忌。幸好口袋里还剩了点儿巧克力棒。

你听！夜莺在高高的枝头喧哗。鸟儿并不知晓这次大地震给人们带来的痛苦。但是我们人类失去了衣食住上的便利，尝遍了苦头。不，不仅仅是衣食住，连一杯柠檬水都喝不上，忍受了多少的不自由。人类这种两脚兽，是多么悲惨的动物啊。我们失去了文明，因此要像守护风中残烛一般守护我们那随时可能会丢的生命。看！鸟儿已经静静地入睡了。不知道盖羽毛被和垫枕头的鸟儿！

鸟儿已经静静地入睡了，梦中也比我们安详。鸟儿只活在当下，可是我们人类不得不活在过去和未来里。也就是说，我们必须尝遍悔恨和忧愁的滋味。特别是这次的大地震，给我们的未来带来了多

---

① 伊曼纽·斯威登堡（1688—1772），瑞典的科学家、神秘主义者、哲学家和神学家。

② 伯麦（1575—1624），德国神秘主义思想家。

少寂寞的黑暗啊。东京被烧毁，我们在忍受今日的饥饿的同时，明天还要继续忍受饥饿。幸好，鸟儿不知这份痛苦。不，不仅仅是鸟儿。知道三世痛苦的，只有我们人类。

据说小泉八云说过，比起成为人，他更想成为一只蝴蝶。说起蝴蝶，请看那只飞蛾。假设幸福就是指痛苦少的话，那么飞蛾的确比我们要幸福得多。但是我们人类，能体会到飞蛾所不知道的快乐。飞蛾或许不用担心会因破产或失恋而自杀。但是，它们与我们一样拥有快乐的希望吗？我还记得，自己在月明星稀的洛阳古都，怜悯一群连一句李白的诗都不懂的飞蛾！

但是叔本华——算了，不谈哲学了。总之，我们与那洛阳古都的飞蛾无异的事儿是事实。哪怕仅有这一点是真的，也应更加珍惜只属于人类的一切情感。自然只是冷漠地看着我们的痛苦。我们必须互相怜悯，更何况喜欢杀戮——绞死对手，比在辩论中获胜来得容易。

我们必须互相怜悯。这难道不是叔本华的厌世观给我们的教训吗？

好像已经过了夜里十二点。星星仍然在头顶上投射出冷冷的光。你倒点儿威士忌喝吧，我躺在着长椅上嚼一块巧克力。

小枫树

哪怕只是用手抚摸一下小枫树的树干，树梢处丛生的树芽也会像神经一样抖一下。植物只是令人不快的东西。

蟾蜍

最美丽的淡红色正是蟾蜍舌头的颜色。

乌鸦

我曾在一个雪后的黄昏，看到邻居的屋顶上，停着一只蓝色的乌鸦。

山药粥

故事大约发生在元庆[①]末年，仁和[②]初年。此故事与时代无关，读者只要知道故事的背景是遥远的平安朝就行了。摄政大人藤原基经[③]的侍从中，有某位五品[④]。

本来，我并不想称其为“某位”，想明确写出其姓甚名谁，但翻遍史书，未能找到他的名字。想必，他只是一位没有任何头衔、十分普通的男子吧。看来，古书的作者终究对凡人凡事没什么兴趣。从这一点来看，他们与日本的自然派作家，可真是大相径庭。可见，王朝时代的小说家，竟意外地不是什么闲人。总之，摄政大人藤原基经的侍从中，有某位五品。这位五品，是此篇故事的主角。

五品是位其貌不扬的男子。首先，他个子很矮。其次，他鼻子红红的，眼角向下耷拉着，他的胡须很稀少，脸颊消瘦，下巴更是异乎常人地尖，嘴唇也——要是一一细数他五官上的缺陷，那可真是没完没了。我们的这位五品，其外貌确实是长得不怎么样。

---

① 元庆，日本平安时代的阳成天皇、光孝天皇时代的年号（877—885）。贞观之后，仁和之前。

② 仁和，光孝天皇、宇多天皇时代的年号（885—889）。元庆之后，宽平之前。

③ 藤原基经（836—891），平安前期的廷臣，通称堀河太政大臣，谥号昭宣公。初为叔父良房的养子，后继承宗家，任阳成天皇的摄政，后拥立光孝天皇，光孝天皇死后，拥立宇多天皇。藤原基经为日本史上第一个关白，著作有奉敕撰修的《文德实录》。

④ 五品，即五位，位阶之一，分正五位和从五位，古时日本宫中允许进入金殿的最低官阶。日本令制规定，五位以上须天皇授予，待遇较六位以下明显优厚。

这男子是何时，在何种机缘之下来侍奉基经大人的，无人知晓。但是，从很早以前，他就每天穿一件褪了色的便衣，戴一顶软塌塌的乌布帽，不厌其烦地做着同样的差事。大概是由于这个缘故，现在，任谁见了他，都想象不出这位男子还有过青春年少的时刻。（五品已经年过四十。）仿佛他一生下来，就长着被冻得通红的鼻子，和稀稀拉拉的胡须，任由朱雀大道上的凉风，肆意地吹过。上至他的主人基经大人，下至放牛的孩童，无一不对此事深信不疑。

一位长着如此尊容的男子，周遭会对他采取何种态度，也就自不必说了。衙门里的其他武士对待他还不如一只苍蝇，爱答不理的。无论官位有无，加起来近二十名杂役，对五品的进进出出毫不在意，态度之冷淡，令人咋舌。即便五品对他们吩咐什么，他们也绝不会停下闲谈的嘴。在他们眼里，五品的存在就像空气一样，他们根本看不见。杂役们尚且如此，更别提衙门里的官员了，上头的人更是不把他放在眼里。他们对待五品，在冷漠的表情背后藏着的，是孩子般无意识的恶意，无论五品说什么，他们都只打手势解决。人类社会之所以产生了语言，并非偶然，总有手势不够用的时候。每当这时，他们都会认为是五品的悟性有问题。每当用手势与五品无法沟通时，他们便从五品头上戴着的歪歪的软乌布帽子，到他脚上穿着的草鞋，上上下下仔仔细细地打量一遍，然后从鼻孔里发出一声嘲笑，转身扬长而去。即便如此，五品却全然不生气。他就是这么一个胆小怯懦、毫无志气的人，对这一切的不公平全然无感。

可是，他的同僚侍从们，却得寸进尺地戏弄他。年长的同僚拿他那奇怪的长相做素材，讲些陈词滥调的笑话。年轻的同事也借此机会，拿他当说笑逗乐的练习。他们当着这位五品的面，对他的鼻子和胡须，乌布软帽和便衣，评头品足，不亦乐乎。不仅如此，他那五六年前就与他分道扬镳的地包天老婆，以及与他老婆有一腿的酒鬼和尚，都屡屡成为别人茶余饭后的谈资。更有甚者，动辄对他做一些性质极其恶劣的恶作剧。凡此种种，数不胜数。他们把五品竹筒里的酒倒掉，往里面撒尿。只举这一例，其他的也就可见一斑了。

但是，五品对这番嘲笑，全然无感。起码在旁观者的眼里，他看起来是无感的。无论你对他说什么，他都面不改色。他只会照旧抚弄着他那少得可怜的胡须，做他该做的事儿。只是，当同僚们的恶作剧过甚时，比如，往他的发髻中塞碎纸片，在他的刀鞘上绑草鞋时，他的脸上会堆起笑容，不知是哭还是笑地说一句："可别这样啊，各位兄台！"看着他的脸，听着他的声音，任谁都会被他那可怜样所打动。（被他们欺负的，远不止这一位红着鼻子的五品，还有许多他们不知道的人——这世间许许多多受欺负的人，都借由五品的嘴脸，谴责着他们的无情。）尽管这种感觉很模糊，但在那瞬间，确实渗进了他们的心里。但，能将这份心情保持下去的人，就少之又少了。在这少之又少的人中，有一没有官阶的侍卫，他来自丹波国，是一位鼻子下方刚刚长出柔软胡须的青年。当然，刚开始，这位青年也跟其他人一样，毫无来由地嘲笑着五品。但是，有一天，当他听到那句"可别这样啊，各位兄台！"时，这句话就再也无法从他脑海中离去。从那以后，唯在此青年眼里，五品完全与之前判若两人。因为，从五品那营养不良、气血不足、缺了根弦的脸上，能够窥见一个饱受压迫而哭泣的"人"。这位没有官阶的侍卫，每每想起五品的遭遇，便觉世间所有的低劣不堪都暴露在自己的眼前。与此同时，那霜打了似的鼻子，屈指可数的胡须，仿佛给他的心灵带来一丝慰藉。

但是，这仅限于他一人。五品仍然在周围人的轻蔑中，继续过着像狗般的生活。首先，他连一件像样的衣服都没有。他只有一件青灰色的褂子，和一条同色的和服裤，现在都已洗得发白，分不清是靛蓝色还是藏青色了。褂子倒还好，只是肩膀处稍微塌了些，圆纽带和菊花扣的颜色有些奇怪而已。但他那条裤子，裤腿周围已经破得不成样子。和服裤里没有穿衬裤，露出两条瘦腿，那模样，活像拉着落魄公卿破车走路的瘦牛般，见了他这副模样，即便是嘴巴不刻薄的同事，也都觉得无比寒碜。再者，他佩戴的腰刀也不成个样子，刀柄上的金属部件已经掉了，鞘上的黑漆也已剥落。拖着破破烂烂的草鞋，本来就不直的腰板，在寒冷的天气中更是蜷缩得厉害；迈着急促的小碎步，像在找什么似的，东张西望；再配上他那招牌红鼻，也难怪过路的小商小贩都瞧不起他。事实上，还发生过这样一件事。

一日，五品穿过三条坊门，往神泉苑[①]方向去，看到五六个孩童，聚集在路边。五品以为他们是在玩陀螺，便从后面凑上去瞅一眼。谁想他们把绳子套在一条迷了路的长毛狮子狗的脖子上，正对它又打又踢呢。生性胆小的五品，之前虽也同情过什么，但出于对周围人的顾忌，从来不敢付诸行动。但是，这次因为对方是小孩，他有了些许勇气。于是他尽量堆起笑容，拍了拍那个看起来年纪稍大点儿的孩子的肩膀，说："就饶了它吧，狗挨打也是会痛的呀！"那个孩子转过身来，翻了个白眼，轻蔑地盯着五品，那神情，就像是侍卫所的长官们在五品无法领会他们意思时所做出的表情。"要你多管闲事，"那孩子后退一步，傲慢地反唇相讥道，"你这个红鼻子。"五品听了，感觉像是被这话打了脸。但他不是因为对方恶语相向而感到生气，而是因为自己说了本不需要说的话而受到羞辱的事情感到难为情。他苦笑着掩饰这份难堪，什么都没说，仍旧往神泉苑方向去了。在他身后，那六七个孩子凑成一堆，对着他做鬼脸，吐舌头。当然，五品对此并不知情。即便知道，这没志气的五品，又能如何？

可是，你要说咱们这故事的主人公生来就是为了受人蔑视，什么追求都没有，倒也不尽然。从五六年前开始，五品对山药粥，就有着异常的执着。所谓山药粥，就是将山药切碎，用甜葛汁熬成的粥。在当时，是无上的佳肴，甚至会被端上万乘之尊的御案。所以，像

---

① 神泉苑，邻接平安京宫城南侧的禁苑，现在京都市中京区仍保留着池泉的遗迹。

我们五品这种普通人，只有在一年一度摄政大臣举行家宴[1]时，才能喝到。那时能喝到的，也只是刚刚能浸湿喉咙的一丁点儿而已。因此，从很早之前，能将山药粥尽情喝个够，便成了他唯一的愿望。当然，这事儿他没有告诉过任何人。不，可能连他自己都没有清楚地意识到，这是贯穿他一生的念想吧。但是对他来说，这确实是支撑他活下去的唯一的希望了。人啊，有时是会为不知能否实现的愿望奉献一生的。嘲笑其痴傻的，毕竟，不过是人生中的过客而已。

然而，五品日思夜想的"将山药粥尽情喝个够"的愿望，竟意外地轻易实现了。提及山药粥的目的，就是为了将整个故事的来龙去脉讲个清楚。

话说某年正月初二，正值藤原基经的府邸举办家宴的日子。（摄政关白家为招待大臣以下的达官贵人而举行的宴会，与皇后和太子的两宫之宴在同一日举行，规模与其差不多大。）五品也与其他侍从一起，去吃家宴的残羹剩炙。当时还没有将大宴的残羹施舍给乞丐的习惯，而是由家中的侍卫齐聚一堂，将剩下的饭菜吃掉。虽说与两宫之宴无异，但终究是古代的筵席，虽然种类繁多，但并无什么稀罕的东西。无非是些年糕、炸糕、蒸鲍鱼、腊鸡、宇治小香鱼、近江鲫鱼、鲷鱼干、鲑鱼子、烤章鱼、大虾、大柑子、小柑子、蜜橘、柿饼串等。其中便有之前提过的山药粥。五品每年都盼着喝这山药粥。但是，因为人太多，每次都喝不到多少，而且今年更是格外的少。或许是心理作用，他觉得今年的山药粥比以往的更好喝。因此，喝完之后，他意犹未尽地盯着那空碗，用手掌擦去胡须上沾上的粥滴，自言自语道："什么时候，才能一次喝个够啊。"

"大夫，您没有饱餐过山药粥吗？"

① 农历正月初二大臣家的家宴。日本称大飨宴。

五品刚自言自语完，耳畔便响起一声嘲笑。这是一个低沉而豪迈的武士的声音。五品驼着背，抬起头，怯生生地朝那人望去。说话的，乃是民部卿藤原时长之子藤原利仁，当时同五品一起，是基经大人的侍从。他是一位肩宽身长的魁梧男子，他正一边嚼着炒栗子，一边一杯接一杯地喝着黑酒[①]。

“真是可怜啊。”利仁望着五品抬起的脸，用既轻蔑又怜悯的语气，接着说道，“你要是想的话，我可以让你一次喝个够。”

一直受欺负的狗，就算偶尔给它块肉，也不会轻易凑过来的。五品照旧堆起他那不知是哭还是笑的脸，看看利仁，又看看自己手中的空碗。

“不愿意？”

“……”

“怎么样？”

“……”

五品感到众人的视线，都聚焦到自己身上了。要是说错一句话，一定又会招来众人的嘲弄。他甚至觉得，无论他怎样作答，都会被捉弄。五品犹豫不决。这时，要不是对方有点儿不耐烦地说：“你若不愿意的话，在下绝不强求。”他恐怕会对着利仁的脸和手里的空碗，一直看个不休。

他听到这句话，慌慌张张地回答：“哪里……不胜感激。”

听到这番对话，大家都禁不住笑了。

“哪里，不胜感激。”甚至有人模仿五品的回答，说着这句话。在那盛满橙黄橘红的低盘高盏中，软乌帽和高乌帽，随着笑声一起，像波涛一般，此起彼伏。其中，笑得最大声、最开怀的，当属利仁他自己了。

---

① 黑酒，在古代，与白酒一起作祭祀用。

“那么，改日我请你喝吧。”说着，他皱了皱眉头，是因为涌上来的笑意和刚喝下去的酒在喉咙拧作一团，“……您看如何？”

“不胜感激。”

五品涨红着脸，结结巴巴地重复着之前的回答。自然，周围的人再次笑作一团。利仁就是为了逗五品说出这句话才故意又嘱咐一句的，此时的他比之前笑得更大声，笑声带动着他那宽阔的肩膀，剧烈地摇动着。这位来自北方的野蛮人，生活中只有两件事，一是饮酒，一是大笑。

所幸，话题的中心，很快便从这两人身上移开。因为即便只是嘲弄，若大家的注意力都集中在这位红鼻子五品身上的话，也总有人不快。总之，话题一个接一个，酒菜也在慢慢变少，这时，一个见习侍卫讲的一个人骑马，却把两条腿套进同一只皮革护腿里的笑话，吸引了在座的所有人。但是，唯有五品，好似听不见其他的话一般，脑海里只有“山药粥”这三个字。即便面前摆着烧野鸡，他也全然不动筷子，手边的杯子里斟满了黑酒，他也一滴未沾。只是将两手放在膝盖上，像是相亲的大姑娘似的，脸一直红到了已经发白的双鬓，双眼直直地盯着染着黑漆的碗，傻傻地笑着。

四五天后的一个上午，有两个男人骑着马，沿着加茂川的河原，静静地走在通往栗田口的大路上。一名男子穿着深蓝色便衣和同色和服裤，佩戴着崭新的腰刀，是个“胡须乌黑鬓发浓密”的美男子。另一位，是一个四十岁左右的侍卫，穿着寒碜的青灰色便衣，外面再套了一件薄薄的棉衣，身上的腰带系得乱七八糟，鼻头红红的，鼻孔周围还沾满了鼻涕，总之，全身没有一处像样的地方。不过，两匹马倒都是骏马，前面是桃花马，后面是菊花青，只有三岁，路上的商贩和武士都不禁回首观望。马的后面，还紧紧跟着两个人，那是背弓和牵马的仆人。不用说，这是利仁和五品一行人。

虽说是冬天，却是个安静晴朗的好天气。河水潺潺地流过泛白的河床上的石头缝隙，旁边立着枯萎的艾叶，没有一丝风，艾叶纹丝不动。阳光透过光秃秃的枝丫，如糖浆般洒在河边低垂的柳树上，树梢上栖息的鸟儿只要稍稍动一下尾巴，影子便会投射在街道上。暗绿的东山上，露出圆圆的山头，仿佛霜打过的天鹅绒，那大概是比睿山[①]。马鞍上的螺钿在阳光下闪闪发亮，两人并不加鞭，而是悠闲地往栗田口方向去。

“您这是要带我去哪儿啊？”五品生疏地拉着缰绳，问道。

“快到了，没你想象得那么远。”

“那么，是要去栗田口一带吧。”

“你暂且先这么认为吧。”

今晨，利仁来邀五品，说东山附近有一处温泉，一起去玩玩，两人便出了门。红鼻子五品信以为真，正好好久没有泡过澡了，身上正发痒。不仅能饱食山药粥，还能泡个温泉，可真是无上的幸福。这么想着，便跨上了利仁牵来的菊花青。不料，与利仁并驾齐驱来到此地，五品感到利仁的目的地并不是这附近。就在他这么想的当儿，两人已经过了栗田口。

“您不是要带我去栗田口啊。”

“再往前走一点儿就是了。”

利仁面带微笑，故意不看五品的脸，静静地骑着马。两边的人家逐渐稀少，在萧瑟宽广的冬季枯萎的田地里，只见觅食的乌鸦。山阴处的残雪，朦胧地泛着青烟。虽是晴天，但野树黄栌色的树梢直刺天空，看着刺眼，寒气逼人。

“那么，我们是要去山科一带吗？”

“这儿就是山科，我们还要再往前走一点儿。”

的确，说话间已经过了山科。何止如此，不一会儿，关山也已

---

① 比睿山，位于京都市东北方、京都府与滋贺县交界处的山，顶上分为主峰大比睿（海拔848米）和四明岳（海拔839米）。古来作为信仰之山闻名，有天台宗的总本山延历寺。

落在身后了。终于，晌午刚过，他们来到了三井寺前。在三井寺，有位与利仁交往甚密的僧人。二人拜访了那位僧人，在那里吃了顿午饭。饭后便又骑马赶路。一路走来，比起上午所过之处，人烟愈加稀少。当时正值盗贼横行，骚动不安。五品将本就驼着的背弓得更低，仰视着利仁的脸，问道："还要再往前走吗？"

利仁鼻尖的皱纹和眼角处堆起的褶子，将笑不笑，仿佛小孩子的恶作剧被大人发现了一样。终于，他开口说道："其实，我是要带你去敦贺。"利仁笑着，举起手中的鞭子，朝远方的天空指去。鞭下，近江的湖面，在午后阳光的照耀下波光粼粼。

五品开始惊慌起来。

"敦贺，是那个越前[①]的敦贺吧。那个越前的——"

利仁自从当了敦贺人藤原有仁的女婿之后，很多时候都住在敦贺。这件事，五品平时不是没有耳闻，但他从未想过利仁会带自己去敦贺。首先，要到那隔着千山万水的越前国去，只带着两位侍从，如何能够平安到达？再说，最近到处都有过路人被盗贼杀害的传闻。五品如哀求般望着利仁。

"这也太荒唐了。您一开始说去东山，然后又说去山科。行，那就去山科吧，结果又到了三井寺。最后竟说要去越前的敦贺，这究竟是怎么一回事儿啊？如果您一开始就说去敦贺的话，我就会多叫几个下人跟来的。去敦贺，这也太荒唐了吧。"

五品快要哭了似的嘟囔道，要不是"将山药粥尽情喝个够"这件事给了他勇气，他恐怕现在就掉头，独自回京都去了吧。

"我利仁一个能顶一千个。路上的事儿，你不必担心。"见五品如此惊慌，利仁皱了皱眉，嘲笑道。

说罢，他叫来背弓箭的随从，取过箭筒背在背上，又从他手里

① 日本古代令制国之一，大体相当于现在的福井县的中部和北部。

拿过一把黑漆的弓，横着放在马鞍上。一马当先，走在了前面。既然如此，没志气的五品，也就只能顺从利仁的意愿了。五品战战兢兢地眺望了一下四周荒凉的原野，嘴里反复念着记不太清的《观音经》，那红鼻头都快要贴上马的前鞍桥了，一副有气无力的样子。

被宽阔无边的黄茅覆盖的原野上，回荡着哒哒的马蹄声，随处可见的水洼倒映着蓝天，让人不禁怀疑，这冬日的午后迟早会被冻住。原野尽头的一串山脉，可能是由于背光的缘故，本应清晰可见的残雪的亮光也丝毫不见，只见山棱上一条连绵的暗紫色。即便是这光景，也被几簇萧条的枯芒草遮挡，无法映入两位随从的眼帘。这时，利仁突然转向五品，说道："看，那边来了个不错的使者，让它去敦贺报信吧。"

五品不太明白利仁的意思，惶恐地朝弓箭指的地方望去。不见一个人影。唯见缠绕着野葡萄之类的藤蔓的一丛灌木里，慢悠悠地走出一只狐狸，毛色温暖，沐浴在西斜的阳光下。忽然，狐狸腾身跃起，一溜烟地跑了起来。原来是利仁策马扬鞭，朝它跑了过去的缘故。五品也忘乎所以地跟在利仁后面跑，随从们自然也是绝不掉队。一时间，嗒嗒地踢着石头的马蹄声响，打破了旷野的宁静。不久，利仁停住了马，只见狐狸不知何时已经被抓住了后腿，倒挂在鞍侧。估计是被马追得跑不动了，倒在马下，便只能乖乖束手就擒了。五品慌张地擦掉稀疏的胡须上堆着的汗珠，终于驱马赶到了利仁旁边。

"喂，狐狸，你给我听好了。"利仁将狐狸高举至眼前，声音威严地说道，"你在今晚之前，到敦贺的利仁府去传话，说'利仁马上要带客人回来，明日巳时[1]左右，带家臣们到高岛去迎接，再带上两匹好马'。记住了吗？可别忘了。"

说罢，利仁一把将狐狸扔向远处的草丛。

---

① 上午十点左右。

“不好，跑了，跑了。”好不容易追上来的两位随从，望着狐狸逃走的方向，拍手叫嚷道。

在夕阳的照耀下，那小兽背部的颜色如落叶般，也不管前方是树根还是石头，只顾拼命向前跑去。这一情景，在一行人的眼中，清晰可见。在追逐狐狸的过程中，他们不知不觉来到了山顶，山的斜面是一个缓坡，坡底与干涸的河床相连。

“真是个靠不住的信使啊。”

五品流露出天真的尊敬和赞叹之情，仿佛刚认识似的，无比崇拜地仰望着这个连狐狸都能指使的野蛮武夫的脸。自己与利仁之间有多大的悬殊，根本无暇顾及。只是，他强烈地感受到，被利仁支配的意识越广，自己就越能在这广阔的意识中，获得更大的自由。所谓阿谀，恐怕就是这时自然流露出来的。各位读者，今后即使从这位红鼻子五品的态度中看到什么溜须拍马之举，也切莫因此妄自怀疑这男人的品格。

被扔出去的狐狸迅速滚下山坡，巧妙地跳过干涸河床里的石子，径直向对面的斜坡跑去。一边向上跑，一边回头望，抓住自己的武士一行，还在遥远的斜坡上并驾齐驱呢。那一行人看起来就像五根手指头那么小。落日下的桃花马和菊花青，浮现在含着霜意的空气中，像画一样清晰。

狐狸转过头去，又如风般飞驰在枯芒草中了。

一行人按照计划于翌日巳时到达高岛一带。这里临近琵琶湖，有一小规模的村落。与昨日不同，阴沉沉的天空下，零零落落地散布着几间茅屋，泛起灰色涟漪的湖面，像是忘了擦拭的镜子一般，冷冰冰地延展开来。走到这里，利仁回过头对五品说道：“你看那儿，有一群男子来接我们了。”

五品一看，果然有二三十个男人，牵着两匹备好鞍的马，或骑在马上，或走着，衣服的袖口在寒风中翻涌。他们穿过湖畔的松林，正往这边赶来。很快，他们就走到了跟前，于是，骑着马的赶紧下马，徒步的蹲踞在路旁，毕恭毕敬地恭迎利仁的到来。

“看来那只狐狸果真去报信了。”

“那小兽生来就有灵性，办这点儿小事，还是不在话下的。”五品和利仁正说着，一行人已经走到了下人们等待的地方，“辛苦了！”利仁开口说道。蹲踞着的下人连忙起身，牵过二人的马。气氛顿时热闹起来。

“昨夜，发生了件稀奇事。”两人下马，正要坐上皮垫子，一位穿着红褐色便衣、头发花白的家臣，走到利仁面前说道。

“何事？”利仁一面招呼五品享用家臣们带来的美酒和菜肴，一面大方地问道。

“是这么回事儿，昨夜，戌时[①]刚过，夫人突然神志不清，说道，‘吾乃阪本灵狐，今受大人吩咐特来传令，你等上前来，仔细听好了’。于是我们都往前靠了靠，夫人说道，‘大人要带一名客人回来。明日巳时左右，派家臣前往高岛一带等候，还有带上两匹备好鞍的马’。”

“这，可真是件稀奇的事儿啊。”五品仔细打量着利仁和众家臣，说了句让两方都满意的奉承话。

“还不仅仅只是说了这些话。夫人战战兢兢地哆嗦着，说‘你们可别迟到了，要是迟了的话，我会被大人逐出家门的’。说着，便啜泣起来。”

“是吗？然后呢？”

“之后，便昏睡过去了。好像到我们出门的时候，都还没有醒。”

“如何？”听家臣说完，利仁得意地望着五品，说道，“连畜生都听我的使唤。”

“着实叫人大吃一惊。”五品挠了挠自己的红鼻头，微微低下头，

---

① 晚上八点左右。

然后故意做出目瞪口呆的表情，胡子上还沾了一滴刚才饮的酒。

那晚，五品在利仁府的一间客房里，似看非看地盯着矮油灯里的火苗，睁着眼睛度过漫漫长夜。傍晚到达这里之前，一路上，与利仁和利仁的随从，谈笑着走过的松山、小溪、荒野、杂草、枯叶、石头、野火的烟味儿——一一浮现在五品的眼前。黄昏时分，在沉沉暮霭中终于抵达利仁府，看到那长盆中炭火燃起的红色火苗时，一颗悬着的心终于落了地的心情十分强烈。现在躺在这里，好像那些都是很久远的事儿了。五品在四五寸厚的黄棉被下伸直了双腿，心不在焉地打量着自己的睡姿。

被下穿了两件浅黄色的厚棉衣，是从利仁那里借来的，就是不盖被子，也足够让他暖和得冒汗了，再加上晚饭时喝了几杯酒，醉意也使他身上更加燥热。虽然枕畔一窗之隔的外面，就是霜来露往的宽阔庭院，但此刻，自己在屋里如此陶醉，丝毫不觉得寒苦。这里的一切，都与自己在京都时住的衙房有着天壤之别。但尽管如此，我们这位五品心里，总是有着一丝不安。睁着眼睛等天亮，时间过得非常慢。但同时，他又希望天亮——也就是可以吃到山药粥的时刻不要那么快到来。这两种矛盾的心情之所以相生相克，是因为境遇的变化陡然使得心情也随之不安稳，正如今日的天气一般，让人感到些许寒意。这一切，都搅和了他的睡意。难得暖和一次，也无法使他安然入睡。

这时，他听见有人在屋外的庭院里大喊。听声音，像是今天去接他们的那个白发家臣在吩咐着什么。那干涩的声音在霜天里回响，像是凛冽的寒风，一字一句，刺入五品的骨髓。

“众下人们都听着。老爷命明早卯时[①]之前，每人带一根五尺长

---

① 早晨六点左右。

三寸粗的山药来。记住了，是卯时！”

这话重复了两三遍，很快，人声消失，周围又像之前一样，恢复了冬夜的寂静。静寂中，只有油灯中的油刺刺作响，红丝绵般的火苗摇动着。五品将哈欠忍了回去，又陷入了漫无边际的思绪中——既然让拿山药，肯定是用来做山药粥。想到这里，刚才因为注意听外面的声音而忘却的不安，不知不觉又回到自己的心头。并且，不想那么快吃到山药粥的心情较之前更甚，萦绕在他心头久久不肯离去。“将山药粥尽情喝个够”的愿望，如果这么轻易就实现了的话，那么他这些年苦苦等待的辛苦，岂不是都成了徒劳！如果可能的话，他希望中途出现什么变故，让山药粥暂时喝不成，然后变故消除，终于能够喝到山药粥。他希望万事都按照这个程序运转——这想法，像陀螺般，围着一个地方滴溜溜地转。不知不觉间，因为舟车劳顿，五品熟睡过去了。

翌日清晨，五品一觉醒来，因为始终心系昨夜山药的事儿，便立马打开窗子，一看究竟。不知不觉间，竟睡过了头，早已过了卯时了。宽阔的庭院里摆着四五张长草席，草席上堆着两三千根圆木状的东西，像山一样，都快顶到斜挑出来的柏树皮屋檐了。仔细一看，那一个个的，全是五寸长三寸粗、大得出奇的山药。

五品揉了揉惺忪的睡眼，被眼前的一切惊呆了，茫然环顾着四周。院里新打的木桩上，接连放着五六口能盛五石米的大锅，几十个穿着白色夹袄的年轻女仆在那周围忙活着。烧火的、掏灰的、把新的白木桶里的甘葛汁舀到锅里的，大家都在为准备山药粥而忙碌着。锅下的烟，和锅中升腾起的热气，与还未完全消散的清晨的雾霭融为一体，庭院整个儿笼罩在一片灰蒙蒙的雾气中，甚至看不清物体，只见锅下熊熊燃烧的赤红色火焰。所见所闻，皆是一片喧嚣，像是到了战场或是火灾现场一般。五品正想象着，这巨大的山药，在这巨大的锅中，被熬成山药粥的情景。然后，想到自己就为了吃这山药粥，千里迢迢从京都赶到这越前的敦贺，愈发觉得难堪。我们这位五品那值得同情的食欲，此时已经没了一半。

一小时之后，五品同利仁还有他的老丈人有仁一起，去用早膳。面前带嘴的银色提锅里，盛着满满一斗山药粥，像海一般，令人望而生畏。方才，五品看到几十个年轻的家臣，灵巧地使用着薄刃菜刀，从一头开始，将那堆到房檐的山药切碎。那些女仆人们，便跑前跑后，拾起一段段山药放进大锅里煮。最后，长草席上不见一根山药，大锅里升起几团热气，混合着山药的香味和甘葛的香味，直冲云霄。目睹了这一切的五品，此刻，面对着提锅里的山药粥，还未吃一口，恐怕就已经饱了吧。五品看着眼前的提锅，难为情地擦了擦额头的汗水。

“您还没有尽情喝过山药粥吧。别客气，多喝点儿。”老丈人有仁又命童子们再端几锅上来。每一锅里的山药粥都盛得满满的，快要溢出来似的。五品将半锅山药粥舀到大陶碗里，闭着眼睛，硬着头皮喝了下去，本就红红的鼻头越发红了。

“岳父大人也发话了，请您务必不要客气。”利仁在旁边劝他再来一锅，坏笑着说道。

五品更加难堪了。如果真的不用客气的话，这山药粥，打从一开始他就一碗都不想喝。但是如今，他强忍着总算是喝下去半锅。如果再喝的话，恐怕粥还没过喉咙就要吐出来了。可如若不喝，岂不辜负了利仁和有仁的一番好意？于是，他闭着眼，又将那剩下的半锅喝了三分之一。他真的一口都喝不下了。

“承蒙您款待，在下已经饱了，实在是不胜感激。”五品语无伦次地说着，看上去确实已经非常尴尬了，胡须上、鼻头上，往下滴落巨大的汗珠，完全不像是在冬天。

“客人您吃得太少了，显然还是见外啊。喂喂，你们在那干什么呢？”

童子们听了有仁的话，正要从重新端上来的提锅中往陶碗里舀粥。五品拼命挥动着双手，像在赶苍蝇一样，以示坚决辞谢之意。

“不用，不用，我真的已经饱了……实在不好意思，在下真的吃不下了。”

要是这时利仁没有指着对面的屋顶说“快看！”，恐怕有仁会劝五品喝粥劝个没完。幸好，利仁这一声叫唤，把大家的注意力，都吸引到了对面的屋顶上。

阳光正洒在柏树皮修葺的屋顶上，在耀眼的阳光下，一只毛色润泽的小畜正规规矩矩地坐着。一看，正是昨日利仁在荒野里活捉的那只阪本灵狐。

“看来狐狸也想喝这山药粥啊。小子们，给它来点儿。”

众人领命，狐狸跳下屋檐，旋即便在庭院里享用起山药粥来。

五品看着喝粥的狐狸，无比怀念地想起了到这儿来之前的自己。那是被许多侍卫同僚愚弄的自己；那是被京都的小孩子骂“你这个大红鼻子，多管闲事”的自己；那是穿着褪了色的便衣和裤子，如丧家之犬般在朱雀大道上孤独行走的自己；但，又是独自将“将山药粥尽情喝个够”这一愿望珍藏在心底，幸福的自己——不用再喝山药粥了，他为此感到安心。同时，他感到自己满脸的汗，正从鼻尖处开始干起。虽是晴天，敦贺的早晨，仍让他感到寒风刺骨。五品慌忙捂住鼻子，却还是没忍住朝着银色提锅打了个大大的喷嚏。

烟草与魔鬼

烟草，本是日本没有的植物。那么它是何时舶来的呢？史书上的记载，年代也都不一致。有的写是庆长[①]年间，有的写是天文[②]年间。不过，据说到了庆长十年左右，全国各地就已在栽培烟草。到了文禄[③]年间，吸烟在民间已经十分流行，甚至还有了下面这首打油诗：

世间何物最无用？
禁烟令，禁钱令。
天皇圣旨如空文，
庸医治病从未灵。

要问这烟草是经由谁手传进来的，历史学家大都会说是葡萄牙人或西班牙人。但那并不是唯一的答案。除此之外，还有一个传说，说烟草是由魔鬼千里迢迢带来日本的，而且，那魔鬼是天主教的神父（恐怕是方济各[④]神父）。

这么一说，天主教信徒或许会责怪我，污蔑了他们的神父。可

---

① 庆长，后阳成天皇、后水尾天皇时代的年号（1596—1615）。文禄之后，元和之前。

② 天文，后奈良天皇时代的年号（1532—1555）。享禄之后，弘治之前。

③ 文禄，后阳成天皇时代的年号（1559—1596）。天正之后，庆长之前。

④ 方济各（1506—1525），西班牙耶稣会士。1549 年，最早将天主教传到日本。

是若让我说，这很可能就是事实。因为，南蛮[1]的神过来的同时，南蛮的魔鬼也过来了——西洋的善输入的同时，西洋的恶也输入进来了，这是极其自然的事儿。

但是，那魔鬼究竟有没有带着烟草来，我也不敢保证。据阿纳托尔·法朗士的书[2]记载，魔鬼曾试图用木犀草的花来诱惑一位修道士。这样看来，魔鬼将烟草带来日本的说法，也不一定纯属谣传。即便是谣传，从某种意义上来讲，或许意外地与事实接近也不一定呢。我出于这样的想法，写下了这篇关于烟草由来的传说。

天文十八年，魔鬼化身为方济各身边的一位传教士，跟随方济各经过漫长的海路，安然无恙地来到日本。他之所以能化身传教士，是因为那个传教士本人在阿妈港[3]还是什么港着陆时，一行人乘坐的黑船将他撂下出海了。在那之前，魔鬼一直将尾巴卷在帆杠上倒挂着，暗中窥探船中的动静。于是他趁机摇身一变，变成那个被撂下的传教士，每天侍奉着方济各神父。他是位变身的高手，就是去拜访浮士德博士，也能立马变身穿着红色外套的英俊骑士。这点儿小把戏，可难不倒他。

但是，实地来到日本，看到的可与他在西洋时，从《马可·波罗游记》中读到的大不一样。第一，那游记上说，全国遍地都是黄金，可他四下观望，也没看到哪儿有黄金。如此说来，只要用十指搓搓十字架，把它变成黄金的话，肯定能诱惑不少人。此外，游记中还写着，日本人通过珍珠的能量，拥有了起死回生的法力，这恐怕也是马可·波罗的谎言。既然是谎言，只要在各处的井里吐唾沫，让

---

①南蛮，南洋。室町时代至江户时代期间，对暹罗、吕宋、爪哇等南方各地区的总称。另由于葡萄牙人和西班牙人等经由这些地区来日，故亦指这些国家及其殖民地。

②这里指的是《司祭的木犀草》一书。

③即澳门港，当时叫阿妈港，是葡萄牙人的居留地。

瘟疫盛行，那么大多数人，就会痛苦得忘了将来的天堂吧。魔鬼跟在方济各神父身后，煞有介事地到处参观，心里偷偷盘算着这样的坏主意，独自发出满足的微笑。

但，有一事相阻，即便是魔鬼也束手无策。方济各·沙勿略才初到日本，教义还未传播开来，连一个天主教信徒都没有，因此，一个能诱惑的对象都没有。对此，魔鬼十分为难，不知如何是好。首先，该如何消磨无聊的时光呢？

魔鬼思考了良久，才终于决定先种点花草来消磨时光。他从西洋出发时，就在耳朵眼里装满了各种各样的种子。至于土地，只要能在附近借一块，就算大功告成。而且，就连方济各神父，都对此事赞不绝口。当然，神父想的是，跟随自己的这个叫伊留满的传教士，打算将西洋的药草移植到日本呢。

魔鬼立马借来锄头和铁锹，耐心地耕种起路边的地来。

正值潮湿的初春时节，空气中水汽氤氲，雾霭缭绕，咣——远处的山寺中，传来慵懒的钟声。那声音是如此清亮悠扬，不像听惯了的西洋教堂的钟声那般震耳欲聋。可是，你若以为在这平和的景象中，连魔鬼也会感到心情愉悦的话，那你可就大错特错了。

他听到这吊钟的声音，比听到圣保罗大教堂的钟声更加烦躁，脸皱成一团，一个劲儿地开始犁地。那是因为，听着这悠闲的钟声，沐浴在这温暖的阳光下，心情便不可思议地松懈下来了。既不想行善，也无心作恶。这么一来的话，就没必要远渡重洋，千里迢迢地来诱惑日本人了。魔鬼极讨厌劳动，甚至到了因手上没有老茧会被伊万的妹妹骂[①]的地步，而他现在如此拼命地犁地，不过是为了驱赶那让它变得懒散的，身体里的道德的种子。

几天后，魔鬼终于犁好了地，将他耳朵里存放的种子，都播撒

① 列夫·托尔斯泰民间童话《傻瓜伊万》中，伊万的聋哑妹妹，会摸家里的劳动者手上有没有老茧以判断其是否偷懒。如若没有老茧，则会被伊万妹妹辞退。

到了田地里。

又过了几个月，魔鬼播下去的种子长出了新芽，伸出了茎。那年夏末，大片的绿叶覆盖了整个农田。但是，知道这植物名字的，却一个人也没有。就连方济各神父都跑来问这草的名字，魔鬼也只是暗暗笑着，不予作答。

不久，这植物茎部顶端，开始长出一簇簇的花朵，呈漏斗形的淡紫色的花。魔鬼看到自己辛勤的劳动有了成果，十分欢喜。于是，他每日早晚做完祷告之后，便来到地里，心无旁骛地开始劳作。

之后的某日（那是方济各神父去远方传教，留魔鬼一人在家中时发生的事儿），一个牛贩子，牵着一头黄牛，经过田地的一侧。看到爬满紫色花朵的栅栏中，穿着黑色的传教服，戴着宽檐帽的南蛮传教士伊留满，正一个劲儿地给叶子除虫。牛贩子觉得这花实在少见，不禁驻足，摘下斗笠，礼貌地向伊留满打招呼：

“喂！神父大人，这是什么花呀？”

伊留满回过头来，他是一个低眉、小眼，一看就和蔼可亲的洋人。

“是这个吗？”

“正是。”

他扒在栅栏上，摇了摇头，用生硬的日语说道：“抱歉，这花的名字不能告诉任何人。”

“是吗？难道，是方济各神父大人不让您说的吗？”

“不，不是那样的。”

“那么，您告诉我吧。我最近也受了方济各神父大人的教化，信了天主教了。”

牛贩子得意扬扬地指了指自己的胸口。可不，一个小小的黄铜十字架，在阳光下闪着铜光，正在他脖子上挂着呢。可能因为那十字架太刺眼了，伊留满稍稍皱了皱眉，低下头去。旋即，用比之前还要和蔼的语调不知是真是假地说了下面这番话。

“那也不行。这是我们国家的规矩，不能告诉别人这花的名字。

要不，你自己猜猜看吧。日本人那么聪明，肯定能猜中。要是猜中的话，这田地里长出来的东西，我全都送给你。”

牛贩子大概认为伊留满是在开自己的玩笑。在他那被太阳晒得黝黑的脸上泛起微笑，他故意夸张地歪了歪脑袋说：“是什么呢？一时半会儿，我可猜不出来。”

“不一定非得今天猜出来。我给你三天时间，你想好了来告诉我就行。问别人也没关系，只要你猜中了，田里的东西就全送给你。另外，我再送你红葡萄酒，或者，给你一张《地上乐园图》。”

牛贩子看到对方如此热情，着实吃了一惊：“那么，要是没猜中呢，怎么办？”

伊留满将帽子往后戴了戴，摆了摆手，笑了。那是一种让牛贩子略感意外的尖锐的、像乌鸦叫似的笑声。

“要是没猜中，你就给我点儿东西吧。我们来打个赌，就赌你猜得中还是猜不中。猜中了的话，全都给你。”

说这话时，伊留满又恢复了之前那和蔼的语气。

“好！那我也豁出去了，你要什么，我就给你什么。”

“什么都能给吗？那头牛也能给吗？”

牛贩子一边笑着，一边抚摸着黄牛的额头。他好像一直以为这是和蔼可亲的伊留满在跟他开玩笑。

“可要是我赢了，你得把那开着花的草给我。”

“好！好！那，可就这么说定了啊。”

“说定了。我以耶稣基督的圣名起誓。”

伊留满听了这话，小眼睛里闪着光，满意地哼了两三声。然后，左手叉腰，稍稍挺起胸膛，右手抚摸着紫色的花。

“要是猜不对的话——你的肉身和灵魂，就都归我了。”

伊留满说着，抡起右胳膊，摘下帽子。乱蓬蓬的头发中，长着两只像山羊角一样的犄角。牛贩子大惊失色，手中拿着的斗笠，吓得掉到了地上。大概是太阳西斜的缘故，田地里的花和叶子，都失去了艳丽的光芒。连牛都像受了惊似的，低垂着牛角，低沉地哼唧着。

“你跟我做的约定可得算数。你不是以那个我不能叫的名字发誓了吗？可别忘了，期限是三天。那么，再见。”

魔鬼用殷勤中带着讥讽的语气说着，随后，又故意毕恭毕敬地朝牛贩子鞠了个躬。

牛贩子十分后悔，自己大意中了魔鬼的圈套。照这样下去，他无疑会落入那个魔鬼的手里，身体和灵魂都要在“永不止息的烈火”中焚烧。这样的话，不就白白放弃了之前的信仰和受洗了吗？

但是，既然以圣主耶稣之名起了誓，就不能不遵守约定。当然，要是方济各神父大人在的话，好歹也能有个解决的办法。可是不凑巧，大人正好外出了。于是他三天三夜没合眼，想着如何能将计就计，不让魔鬼得逞。他思来想去，发现除了找到那个植物的名字，别无他法。可是，就连方济各神父大人都不知道的名字，哪里会有人知道呢？

终于，在期限将满的那天晚上，牛贩子牵着那头黄牛，悄悄走到伊留满的住所附近。那房子挨着田地，屋前就是大路。走近一看，伊留满大概已经睡熟了，窗户上连灯光都没有。正好，这是一个虽有月亮，却暗沉沉的夜，在万籁俱寂的田地里，昏暗中隐约可见盛开的紫色花朵。本来，这牛贩子心中想出了一计，但没指望能成功，好不容易，他犹犹豫豫地走到了这一步，看着这四下略显阴森的景象，不禁有了打退堂鼓的想法。尤其想到那位长着山羊角的老兄现在正在窗户后面做着地狱的梦，好不容易鼓起的勇气，又都像皮球泄气一样泄了出去。但转念一想，要把肉体和灵魂都交给魔鬼，这可真不是泄气的时候啊。

因此，牛贩子一边祈祷着圣母玛利亚的庇护，终于下决心执行了事先谋划好的计划。说起计划，其实也没什么特别的——就是把拴在黄牛身上的缰绳解开，用力拍打它的屁股，让它朝着田地里猛然跑去。

牛的屁股被打得生疼，一下蹿得老高，冲破栅栏，将那片田地踩得一塌糊涂。牛角三番两次地撞在房屋的墙壁上。牛蹄的声音和牛的叫声，冲破了雾霭，响彻云霄。于是，窗户打开，有人探出头来。虽看不清脸，但是不消说，这必是那化身伊留满的魔鬼。不知是不是心理作用，虽是夜晚，但那对犄角，看得分明。

“这该死的畜生，竟踏坏了老子的烟草地。”

魔鬼挥着手臂，用没睡醒似的声音怒吼着。大概是因为刚入睡就被吵醒，他气得要命。

但是，在藏在田地后面暗中窥探的牛贩子耳朵里，魔鬼的这番话，却如耶稣的福音般在耳畔回响。

“这该死的畜生，竟踏坏了老子的烟草地。”

接下来，像所有类似的故事一样，这个故事也有一个圆满的结局。牛贩子完美地说出了“烟草”这个名字，赌赢了魔鬼，地里所有的烟草，都归他所有。

但我一直觉得这个传说应该还有更深的含义。那魔鬼虽没能取了牛贩子的肉体和灵魂，但却成功地让烟草普及到了日本各地。这样看来，牛贩子得救的同时伴随着堕落，魔鬼失败的同时也伴随着成功。魔鬼可不会白白吃亏，当人类自以为战胜了诱惑时，殊不知，已然落入了魔鬼的圈套。

这里顺便再提一下魔鬼的去向。方济各神父大人回来时，挥动手里的神杖，用除魔的咒语将他驱逐出这片土地了。但在那之后，他依然扮作伊留满到处流浪。据记载，他在南蛮寺落成前后，还曾经常在京都一带出没。捉弄松永弹正[1]的那位果心居士[2]，据说就是这个魔鬼。关于这件事，小泉八云[3]先生曾写过，在此就不再赘述了。后来，丰臣、德川政权颁布禁教令，魔鬼便永远离开日本的土地了。关于魔鬼的记载，大致到此为止。但是，明治之后，他再度来日，但对他的消息，我却一概不知，实在遗憾之至。

---

① 松永弹正，即松永久秀（1510—1577），日本战国大和国大名，通称松永弹正。

② 果心居士，生卒年不详。某夜，松永弹正曾叫来果心居士让他表演妖术，果心居士变出一个女人在松永弹正面前，唤其“夫君”，弹正定睛一看，才察觉眼前的女人正是数年前已经过世的爱妾，顿时吓得气喘如牛，毛骨悚然。

③ 小泉八云（1850—1904）。作家，出生于希腊的英国人，英国文学研究家，本名拉夫卡迪奥·赫恩（Lafcadio Hearn）。1890 年（明治二十三年）到日本，与岛根县松江人小泉结子结婚后，入日本籍。在松江中学、第五高等学校、东京大学等任教，潜心研究日本文化，并向海外介绍。著有评论《来自东方之国》《心》《神国日本》，小说《怪谈》等。

图书在版编目（CIP）数据

地狱变 / (日) 芥川龙之介著 ; 王晗译 . -- 天津 : 百花文艺出版社 , 2020.10
ISBN 978-7-5306-7915-9

Ⅰ . ①地… Ⅱ . ①芥… ②王… Ⅲ . ①中篇小说—小说集—日本—现代 Ⅳ . ① I313.45

中国版本图书馆 CIP 数据核字 (2020) 第 130356 号

地狱变
DIYUBIAN
[日]芥川龙之介 著　王晗 译

出 版 人： 薛印胜
选题策划： 张　雪　胡晓童
责任编辑： 张　雪
特约编辑： 刘思懿　申惠妍
封面设计： ABOOK-Aseven
出版发行： 百花文艺出版社
地址： 天津市和平区西康路 35 号　**邮编：** 300051
电话传真： +86-22-23332651（发行部）
+86-22-23332656（总编室）
+86-22-23332478（邮购部）
主页： http://www.baihuawenyi.com
印刷： 三河市海新印务有限公司
开本： 880 毫米 ×1230 毫米　1/32
印张： 7
字数： 180 千字
版次： 2020 年 10 月第 1 版
印次： 2020 年 10 月第 1 次印刷
定价： 39.80 元